풀꽃과 나눈 이야기

풀꽃과 나눈 이야기

백민현 지음

| 작가의 말 |

풀꽃에 빠져 돌아다닌 세월도 벌써 20년이 넘었다.
그렇게 돌아다니며 찍은 사진도 800여 종에 이른다.

그동안 헤매고 다니던 시간과 거리는 얼마나 될까?
봄이면 변산으로 떠났고 여름이면 금대봉을 찾았다.

취미로 혼자 찍고 쓴 글이지만 이젠 함께 나누고 싶다.
어느 누구라도 공감한다면 내게는 큰 기쁨이 될 것이다.

풀꽃과 나눈 이야기

가솔송

세월이 빨라도 너무 빠르다.
인생이 솔잎처럼 푸르면 좋으련만
어느새 머리에는 흰 서리가 내리고
고희(古稀)라는 호칭까지 얻게 되었다.

이제는 사람이 그립다.
어릴 적 싸움하던 초등학교 친구들로부터
지금은 수첩 속에 이름만 남은 사람에 이르기까지
내게는 모두가 그리운 얼굴들이다.

인생을 살면 얼마나 사나.
고작 살아야 백 년이거늘
어느새 나이 칠십에 이르고 보니
친구들은 하나둘씩 갈 곳으로 떠나가누나.

생김새가 남들처럼 예쁘지 않고
향기마저 멋스럽게 풍길 줄 몰라
숨죽이며 조용히 살아왔어요.

그늘지고 부족한 살림살이에
입을 만한 옷 장만도 하지 못하여
헐벗으며 모질게 견뎌왔어요.

그래도 때가 되면 꽃을 피우고
철 따라 예쁜 열매 곱게 맺으며
희망을 잃지 않고 살아왔어요.

각시붓꽃

산기슭 양지바른 바위 틈에서
행여나 들킬세라 마음 졸이며
소리 없이 숨어서 피었다 지고.

서방님 기다리다 해는 저물고
노을빛 타는 가슴 견딜 수 없어
꽃잎은 멍들어서 시들어 가네.

그래도 아침이면 꽃단장하고
오지 않는 님 맞으려 님을 맞으려
청초한 이슬 품고 피어나는 꽃.

한때는 돈이라고 생긴 것을
마구마구 갈퀴질하고 싶었다.
어머님의 소원을 풀어 드릴
화수분 하나 장만하고 싶었다.

그러나 기대했던 잘난 자식은
돈과는 관련 없는 길로 떠나고
어머니 곱디곱던 머리카락은
세월 따라 파 뿌리가 되어버렸다.

자식들 돈 잘 벌고 성공을 하여
잘 먹고 잘 사는 꼴 보고 싶었던
울 엄마 헛된 소원 풀리지 않고
못난 자식 똥배만 커져가누나.

감국

가을이 지나도 한참을 더 지난 계절.
천리포 해수욕장의 좁은 암벽 틈에서
노란색 꽃송이가 뿌리를 내렸습니다.

암벽에 의지하여 모진 해풍 이겨내고
갈증에 목이 타는 고통을 참아내면서
꽃을 피운다는 일념으로 견뎌온 세월.

이제는 찾아오는 이의 발길도 끊어진
철이 지나도 한참을 지난 바닷가에서
감국은 그렇게 피어나고 있었습니다.

저녁이면 우리집 앞 무논은
개구리 울음소리로 뒤덮입니다.
그 수많은 개구리 중에는
유난히 크게 우는 개구리가 있을 겁니다.

항상 거꾸로만 행동하다가
큰물로 부모님을 잃은 뒤에야
후회하며 운다는 청개구리가
어찌 책에만 쓰여 있겠습니까?

개구리 울음소리를 들으면서
아버님 얼굴이 떠오르는 것은
분명 제가 그 어리석은 청개구리를
닮았기 때문일 겁니다.

개망초

지난 여름, 비가 내리는 일요일 오후.
광덕산 자락에 잠든 부용(芙蓉)*을 찾았습니다.
호젓한 산길엔 오가는 이도 없고
묘소 주변엔 개망초꽃만 무성했습니다.

무덤가에 흐드러지게 피어난 개망초꽃.
산기슭에 아무렇게나 피어있는 들꽃이지만
그 자태만큼은 고고한 기품이 있으니
개망초는 분명 부용을 닮았을 것입니다.

등산로 바로 옆에 있는 묘소에서
오가는 이의 발자국 소리를 들으며
무리 지어 부용 묘를 지키는 개망초꽃.
흔하지만 천하지 않은 의리 있는 꽃입니다.

*부용(芙蓉) : 조선시대의 유명한 기생, 문장가.

식물의 이름을 기억하는 일은 매우 어렵다.
서로 비슷비슷한 것들이 많아서 더욱 그렇다.
같은 종이라도 어떤 것은 30여 종도 넘는다.

아무리 식물도감을 찾아보아도 그놈이 그놈 같다.
어떤 식물도감은 엉뚱한 정보를 제공하기도 한다.
알려지지 않은 식물일수록 그런 경우가 더욱 많다.

그래서 나도 종종 실수를 하기도 한다.
그래도 자꾸 보게 되면 눈에 익게 된다.
그러려면 발품을 많이 파는 수밖에 없다.

개벼룩은 용인의 한택식물원에서 찍은 것이다.
전문가가 그렇게 팻말을 붙였으니 믿어야 한다.
이렇게 작은 꽃에 이름을 붙인 분에게 감사한다.

개별꽃

꽃잎이 작고도 앙증맞아서 발밑으로 스쳐 지나가는 꽃.
혼자서는 견디기 힘든 외로움에 무리지어 피어나는 꽃.
봄바람 불어오면 솟아나는 그리움에 서둘러서 피는 꽃.
별처럼 아름다운 세상을 꿈꾸며 온누리에 피어나는 꽃.

봄이 오는가 했더니 갑자기 꽃샘추위가 찾아왔다.
기온은 다시 뚝 떨어지고 잔디에는 서리가 하얗다.
그래, 해마다 한 번씩 꽃샘추위가 없던 적이 있더냐?

화단에서 막 올라오는 새싹들이 무사한지 모르겠다.
엊그제 낙엽을 걷었는데 얼어죽지 않았나 걱정이다.
수선화, 히아신스, 튤립들이 부디 잘 견뎌내기 바란다.

세상일도 이와 같아서 결코 쉬운 일이 없다.
목표를 향해 나가는 길에는 언제나 시련이 따른다.
진정한 성취는 그 마지막 고난을 잘 이겨내야만 한다.

개불알풀

천하디 천한 몸으로 태어나
무수한 발길에 짓밟히며 살아가는 꽃.
꽃술의 생김새가 거시기를 닮았다 하여
그런 이름이 붙여졌다 하더니라.

삼월에 태어난 삼월이면 어떻고
오월에 태어난 오월이면 어떠냐.
어차피 세상 잘못 타고나서
개똥이나 쇠똥이라 불리기도 하는 것을.

남쪽에서 꽃소식이 들려온다.
매화가 피었다니 봄이 오기는 올 모양이다.
하지만 간절하게 기다린 만큼 봄은 길지 않다.

하기사 봄이 길어서 무엇하랴.
짧을수록 더욱 값지고
그래서 더 아름다운 것이 아니더냐.

인생의 봄이 지나갔다고 생각하는 사람들이여!
그대의 봄은 살아있는 지금이 바로 봄인 것이다.
봄은 짧은 것이니 후회없이 즐기시기를 바란다.

개양귀비

명절이 지나갔다.
사람들은 명절을 보내고 귀성길에 올랐다.
도로는 만원이고 휴게소는 인파로 넘쳐난다.
모두가 부모 형제를 만난 기쁨에 마음이 푸근하다.

나도 그랬으면 좋겠다.
일가친척이 있는 고향을 찾아가는 기쁨과
고향 친구들을 만나는 설렘이 있었으면 좋겠다.
직장을 따라 떠나온 고향, 타향살이가 수십 년이다.

부모님도 형제들도 모두 고향을 떠나다 보니
이제 고향에는 내려갈 일이 없다.
내가 다니던 초등학교는 폐교가 되고
친구들도 모두 살길을 찾아 도회지로 떠나갔다.

백두산은 겨울만 열 달이다.
그래서 칠팔 월이 되면 식물들은 모두 정신이 없다.
서둘러 꽃을 피우고 열매를 맺어야 하기 때문이다.
봄이 여름이고, 여름이 곧 가을인 셈이다.

장백폭포로 가는 길에서 만난 개황기꽃.
모진 바람 견뎌내느라 몸을 지면으로 한껏 낮추고
비스듬히 떨어지는 햇살을 한 줌이라도 더 받으려는 듯.
그 모습이 무척이나 애잔하구나.

머지않아 온 산은 다시 눈에 덮이고
대지는 아무것도 살지 않는 동토(凍土)의 땅이 되리니.
인내하는 자만이 살아남는 자연의 법칙에 따라
너, 다시 고운 모습으로 태어나리라.

갯개미취

엊저녁 마신 술이 올라오기 시작한다.
마실 때는 정신없이 마시면서도
마신 후에 후회하는 것은 무슨 까닭인가?

자기 자신은 조금만 마시려고 하면서도
남에게는 더 마시게 하려는 것은 무슨 까닭이며,
계산은 서로 하겠다고 우기는 것은 무슨 까닭인가?

술도 음식이라 안 마시고 살 수는 없는 일이고,
적당하면 약이 되나 과하면 독이 되는 것을 알면서도
너무도 쉽게 잊어버리는 것은 도대체 무슨 까닭인가?

찔끔거리던 눈발도 개인 아침
가뜩이나 찌푸린 하늘 아래로
차가운 바람이 스쳐 지나간다.

창밖의 나무는 바람에 흔들리고
오가는 사람 없는 텅 빈 길 위로
고요한 정적만이 묻어나는 시간.

무심하게 커피잔을 젓다가
새까만 기억을 떠올리다가
문득 떠오르는 그대의 얼굴.

갯메꽃

아름다운 눈으로 보면
세상은 온통
아름다운 천국이더라.

연일 강한 추위가 몰아치는 한겨울.
수십 년 만에 내린 눈 폭탄과 한파로
오가는 이도 없는 세상이 되었는데,

칼날 같은 추위를 뚫고 떠난 부산여행.
달랑 닉네임 *하나만 가슴에 고이 달고
처음 보아도 익숙한 사람들을 만나다.

갯바람 맞으며 오랜만에 만난 연인처럼
한 조각씩 추억을 꺼내어 맞추어보다가
또 다른 그리움만 안고 발길을 돌리다.

*온라인 모임

갯패랭이

TV 연속극을 보다가 눈물을 흘리기도 한다
눈이 침침하여 컴퓨터 자판 글씨가 겹쳐 보인다.
앉을 때나 일어설 때 무릎에서 삐그덕 소리가 난다.
가끔은 집 전화번호나 친구의 이름이 기억나지 않는다.
집을 나와 걷다가 놓고 온 물건이 생각나는 경우가 있다.
한꺼번에 여러 일을 할 수 없고 한 가지 일만을 해야 한다
때가 되어도 배가 고프지 않고 먹을 시간이라서 먹을 때가 있다.

늙어간다는 것은……

삶에 지쳐
그냥 훌쩍 남쪽으로 떠나
도착한 곳이 전남 순천이었습니다.

순천만 갈대밭을 지나
맞은편의 왕산에 오르다가 만난
계요등.

늦은 저녁,
계요등 닮은 조명 아래서 듣던
생맥주집 여주인의 인생담이 귀에 아련합니다.

고들빼기

꽃은 모두 다 똑같이 아름답다.
크기가 달라도 색이 달라도
모두가 인고(忍苦)의 세월을 힘겹게 견뎌내고
죽을힘을 다하여 꽃을 피워낸다.

산에 산에 피는 꽃은
저만치 혼자서 피어 있다.
누가 보아주기를 기다리지 않고
그저 갈 봄 여름 없이 피었다가 질 뿐이다.

산에서 우는 작은 새는
산이 좋아서 산에서 살아간다.
갈 봄 여름 없이 꽃이 피는 것을 보면서
꽃이 좋아 산에서 살아가는 것이다.

가끔은 온몸에 무거움을 느낀다.
세월 따라 누더기 진 삶의 무게.

버릴 때가 되면 버려야 하고
비울 때가 되면 비워야 한다.

비워야만 채울 수가 있고
버려야만 비울 수 있는 것을…….

고마리

오래전 해인사에 갔을 때의 이야기이다.
스님과 함께 사찰의 경내를 걷고 있는데
숨을 헐떡거리며 한 젊은이가 달려오고 있었다.

"스님, 바람은 어디서 블어오나요?"
그 청년이 밑도 끝도 없이 스님에게 질문을 하자,
스님 또한 막힘없이 대답한다.
"바람은 불어도 해와 달은 변함이 없지요."

그러자 그 청년은 스님에게 합장을 하고 머리를 숙였다.
순간 청년의 얼굴에서 고뇌의 그림자가 걷히는 것을 보았다.
나는 그가 다시는 바람에 흔들리지 않기를 기도하였다.

매화가 피었다.
수선화가 피었다.
개나리가 피었다.
미선나무꽃이 피었다.
명자 꽃봉오리가 맺혔다.
튤립 꽃봉오리가 맺혔다.
앵두나무 꽃봉오리가 맺혔다.
박태기나무 꽃봉오리가 맺혔다.

봄이다!

골무꽃

어린 시절 겨울은 유난히도 추웠던 것 같다.
그래도 논에 가두어 놓은 물이 얼어 빙판이 되면
아이들은 너도나도 썰매를 타러 논으로 몰려들었지.
그러다가 얼음판에 넘어지고 물에 빠지기도 했는데,

젖은 옷이나 양말을 말리려고 불을 피우면
얇은 나일론 양말과 옷은 왜 그리도 불에 약하던지.
어머니는 등잔불 아래서 양말과 옷을 기우시고
나는 죄송스러워 공부하는 척 책상 앞에 앉아 있었지.

이제는 쓸모가 없어져 사라져가는 것들이여!
비록 쓰임새가 없어 떠날 수밖에 없을지라도
함께 했던 기억만은 남겨놓고 가시라.
세월 지나 추억할 수 있는 이야기는 남겨두고 가시라!

강아지를 키우느라 가끔은 뼈다귀에 눈독을 들이는 경우가 있다.
족발이나 갈비를 안주삼아 먹게 되면 강아지 생각이 나는 것이다.
그럴 때면 비닐봉지에 뼈다귀를 챙기는 것이 당연한 일이 되었다.

고기를 먹은 날이면 강아지는 킁킁거리며 냄새를 맡는다.
그리고는 가지고 온 것을 내놓으라는 듯 졸졸 따라다닌다.
그러니 어찌 뼈다귀에 붙은 살점을 놓고 올 수가 있으랴.

어느날은 뼈다귀 봉지를 택시에 놓고 내린 적도 있었다.
강아지의 큰 눈에도 실망스런 눈빛이 확실하게 드러난다.
그러니 내가 강아지를 위해 어찌 뼈다귀를 챙기지 않으랴?

과꽃

친누나가 없는 나는 항상 누나가 그립다.
어린 시절에만 그런 줄 알았더니 나이가 들어도 그렇다.
장남으로 태어나 나름대로 어려움도 많았는데
그럴 때 곰살궂은 누나라도 있었으면 얼마나 좋았을까?

올해도 과꽃이 피었습니다.
꽃밭 가득 예쁘게 피었습니다.
누나는 과꽃을 좋아했지요.
꽃이 피면 꽃밭에서 아주 살았죠.

그래서인지 어린 시절에는 이종사촌 누님을 참 많이 따랐다.
누님은 항상 나를 데리고 다니시면서 귀여워하셨다.
손톱에 봉숭아물도 들여 주고 뜨개질하는 것도 알려주셨다.
그런 누님이 지금은 팔순을 바라보신다.

흰색은 깨끗해서 좋다.
색이 없으니 순수해서 좋다.
물들지 않은 그 정갈함이 좋다.

처음 시작하는 설렘으로
가슴 부풀게 하다가도
막상 다가서면 두려움이 있어서 좋다.

세월이 흘러 모든 것이 변하여도
홀로 빛이 바랠지언정
결코 다른 색을 닮지 않아서 좋다.

늘 비어 있는 것 같으나
항상 가득 차 있는
무한한 넉넉함이 있어서 좋다.

광릉요강꽃

막상 떠나기 전에는 겁이 많이 났다.
무릎이 퇴행성 관절염이라는데 완주할 수 있을까?
그러나 이번 기회가 아니면 언제 또 가보랴.
걱정은 되지만 용기를 내보기로 했다.

그래도 백록담 왕복은 무리라는 생각이 들어
최종적으로 영실에서 윗세오름을 거쳐 남벽까지 갔다가
어리목 산장으로 내려오는 코스를 선택했다.
종아리에 약간의 알이 배었을 뿐 그다지 힘들지 않았다.

무릎 연골이 닳았어도 연골을 받치는 근육이 있지 않은가?
부지런히 걷기를 하고 근육에 힘을 붙이면 된다는 그 말,
그 말을 믿고 부지런히 걸어 다닌 세월이 삼 년이 넘는다.
한 시간만 걸어도 무릎이 아프던 내가 한라산을 다녀왔다.

날이 흐리고 비라도 올라치면 문득 떠오르는 노래가 있다.
막걸리에 빈대떡 부처 먹으며 부르기 딱 좋은 텁텁한 노래.
결국 언젠가는 모든 정을 떨치고 떠나가는 것이 인생이려니.

왕십리 밤거리에 구슬프게 비가 내리면
눈물을 삼키려 술을 마신다. / 옛사랑을 마신다.

정 주던 사람은 모두 떠나고 / 서울 하늘 아래 나 홀로
아, 깊어가는 가을밤만이 왕십리를 달래주네.

밤 깊은 왕십리에 기적소리 멀어져 가고
깊어만 가는 밤이 서러워 / 울려고 내가 왔던가.

정 주던 사람은 모두 떠나고 / 서울 하늘 아래 나 홀로
아, 깊어가는 가을밤만이 왕십리를 달래주네.*

*김홍국, 59년 왕십리

괭이밥

동무들아 오너라. 봄맞이 가자.
너도 나도 바구니 옆에 끼고서,
달래 냉이 씀바귀 나물 캐오자.
종다리도 높이 떠 노래 부르네.

동무들아 오너라 봄맞이 가자.
시냇가에 앉아서 다리도 쉬고,
버들피리 만들어 불면서 가자.
꾀꼬리도 산에서 노래 부르네.*

그 시절 괭이밥 잎사귀에서는 왜 그리도 신맛이 나던지.
눈살 찌푸리며 따 먹던, 배고프지만 행복했던 추억이여!

*윤석중, 동무들아

아내가 혼자 처갓집에 간 일요일,
하루 종일 집에 있어 보니 밥 챙겨 먹는 것이 문제다.
도대체 밥을 먹어야 할 때는 왜 그리 빨리 돌아오는가!

어쨌든 앞으로가 더 큰 문제로다.
하루 세 끼를 집에서 밥만 축낼 수도 없고
그렇다고 어디에 가서 막상 할 일도 없다.

나이가 들면 맘 편한 것이 첫째라던데
잘못하다가는 스트레스를 견디기가 어려울 것 같다.
아아! 앞으로 이 일을 어찌 풀어가야 할 것인가?

구름패랭이

봄은 생명이 움트는 계절이다.
겨우내 숨죽이며 기다려온 시간,
드디어 봄이다.

높은 산 바위틈에서도
도심의 시멘트 보도블럭 사이에서도
힘찬 생명의 숨소리가 들린다.

불면 날아갈 듯 가녀린 새싹에서
어찌 그리 강력한 생명의 의지가 숨어있었단 말인가?
봄이 열리고 있다.

그동안 나는
사랑이라는 이름으로
얼마나 많은 사람들을 구속하려 했던가?

그 알량한
사랑이라는 이름으로
얼마나 많은 사람들을 힘들게 했던가?

구절초

커피를 타 놓고 컴퓨터를 하다가
'아, 커피!' 하고
커피잔을 들여다보니 잔이 벌써 비어져 있네.
다녀간 사람도 없는데 누가 다 마셨을까?

엊저녁에는 비가 찔끔 내렸다.
하지만 그래도 다행이다.
비록 땅 표면만 적시기는 했어도 감사하다.
서둘러 아침에 밭에 뿌릴 씨앗을 찾았다.

돈만 내면 사는 농산물이 아니다.
작황이 좋지 않으면 가격은 올라간다.
그러면 서민들은 살기가 더 어렵다.
세상이 점점 더 각박해지는 것이다.

전국의 저수지 물이 말라가고 있다고 한다.
그 흔하던 물인데 우리도 이젠 물 부족 국가가 되었다.
인간의 욕심과 끝없는 경쟁으로 지구가 황폐화되고 있다.
결코 과학의 발전만이 능사는 아니다.

극락조화

'극락조는 다리가 없는 새이다.
그러므로 죽을 때까지 땅에 내려오지 않는다.
평생 이슬만 마시며 하늘을 날아다니는 것이다.
그러다가 지치면 바람에 몸을 맡기는 천국의 새이다.'

이것이 대항해시대 유럽인들의 생각이었다고 한다.
그러나 다리가 없는 새가 이 세상에 어디 있으랴.
원주민들이 깃털을 이용하려고 다리를 잘라 가공한 탓이다.
그만큼 극락조의 깃털은 화려하고 아름답다.

극락조화라는 이름은 극락조를 닮은 꽃에서 유래했다.
극락조화의 꽃은 정말 화려하고 아름답다.
또한 꽃의 모양도 정말 기기묘묘하게 생겼다.
가히 천국의 꽃이라 해도 과언이 아닐 것이다.

가끔 시간이 남을 때면 시장에 간다.
살 것이 없어도 뭔가를 사 올 수도 있지 않은가?
오늘도 무작정 시장을 찾았다.

그러나 아무리 돌아다녀도 살 만한 물건이 없다.
그러다가 들른 곳이 '땡처리 마트'이다.
이곳은 대부분 값싸고 실용적인 물건을 파는 곳이다.

내가 고른 물건은 돋보기.
가격은 이천 원.
만든 곳은 중국이다.

언젠가 필리핀에서 입국신고서 때문에 얼마나 당황했던지.
작은 글씨에 조명까지 어두워서 글씨가 잘 보이지 않았다.
별로 필요하지는 않지만, 문득 그때 생각이 나서 사 본다.

금계국

금계국은 북아메리카 원산의 귀화식물이다.
번식력이 좋아 어느 곳, 어느 땅에서도 잘 자란다.
한번 자리를 잡으면 온통 금계국의 천지가 된다.
금계국에 밀려 다른 꽃들은 맥을 못 추는 것이다.

우리 땅을 지배했던 코스모스는 달맞이꽃에 밀려나고
달맞이꽃은 다시 금계국에 밀려나기 시작했다.
그런데 달맞이꽃은 북아메리카가 원산지이고
코스모스의 원산지는 멕시코가 아니던가?

이제는 토종과 귀화식물을 구별할 수가 없다.
어쩌면 구분하는 자체가 어리석은 일인지도 모른다.
글로벌시대에 무슨 토종과 외래종을 운운하고 있는가?
그저 자유롭고 평화롭게 어울려 살아가기를 바랄 뿐이다.

깊고 깊은 산골짜기, 긴 겨울의 칼바람 속에
오직 하나
꽃송이 곱게 피워보려고 힘겹게 견뎌온 세월.

어느새 불어오는 따사로운 훈풍 따라
그토록 기다리고 기다리던 고운 자태 들어냈거니.
그 모습이 너무도 거룩하구나!

하늘거리는 꽃잎 너무도 연약하여
가슴 절로 숙연해지는데
향기 또한 너무 좋아 자리를 뜰 수가 없네.

금낭화

어린 시절,
술래잡기 놀이를 하다가
나를 빤히 쳐다보던 그 계집애.

아이들 앞에서 내가 좋다고
얼떨결에 고백(?)했다가
너무 창피하여 몇 대 패주었는데,

그 저녁 계집애의 어머니가 찾아와서
"좋아하는 게 무슨 죄냐?"고
혼을 내시던 기억.

머리를 양 갈래로 땋은
그 계집애의 예쁜 머리통을 닮은 꽃.
금.낭.화.

어머니는 하루 종일 꼼짝없이 텔레비전 앞에 앉아 계셨다.
소리가 안 들린다고 텔레비전에 몸을 바짝 붙이고 계셨다.
보청기를 해드린다고 하면 윙윙 소리가 시끄럽다고 하신다.

어머니는 아침 겸 점심으로, 그것도 두어 술 뜨다가 말았다.
저녁을 드시라고 했더니 속이 거북하여 그만두시겠다고 한다.
어머니 가슴에 수십 년 막혀 있는 그 무엇이 뚫린 적은 없다.

어머니의 다리에는 커다란 철심이 박혀 있다.
걷기도 힘드신데 어쩌다 넘어져서 수술을 했다.
그것을 빼야 하는데 겁이 나서 엄두를 못 낸다.

어머니의 말소리에는 언제나 한과 눈물이 배어 있다.
자식들 못 먹인 죄와 부모 공양 못 하신 죄가 너무나 크다.
가난 때문이었으나 어머니는 오로지 당신 탓이라고 여기신다.

금불초

버스를 타고 시내로 가는데 노인 한 분이 차에 오른다.
나는 나보다 연상인 듯한 그분에게 자리를 양보하였다.
그런데 뒷자리에 앉았던 학생이 내게 자리를 양보한다.
문득 이러려고 양보한 것이 아닌데 하는 생각이 든다.
나는 괜찮다고 손사래를 쳤다.

몸이 불편하거나 서 있기가 힘들면 양보를 받아도 좋다.
하지만 무턱대고 자리 양보를 받을 수는 없다.
나는 아직 건강하니 얼마든지 서서 갈 수 있다.
더구나 학생들은 책가방이 훨씬 무겁지 않은가?
나이가 들었다고 양보를 받는 것도 참 민망한 노릇이다.

여행이 끝나면
항상 무엇인가 남겨놓고 돌아온 듯한
이상한 착각에 빠진다.

까짓 남겨두었으면 어떠하랴.
남겨놓은 것이 있다면 고작
마음 한 조각 아쉬움이 아니겠는가.

그것은, 또 많은 시간이 흐르고
언젠가 다시 찾은 그곳에서
더 큰 반가움으로 만나게 될 추억인 것을.

금새우란

언제부턴가 슬픈 음악이 좋아지기 시작했다.
오늘도 혼자 앉아 그런 음악을 듣는다.
음악은 나 자신을 정화시켜 주는 느낌이 든다.
저절로 마음이 차분해지고 경건해진다.

음악은 차 한 잔을 다 마시기도 전에 끝나버리고
나는 다시 그 곡을 반복하여 듣는다.
때론 어린 시절의 단짝 친구를 잃어버린 듯하고,
때론 첫사랑과의 이별만큼 애절하기도 하다.

따지고 보면 인생도 이렇듯 슬픈 것이 아닐까?
만났다가 헤어지듯 그렇게 결국 헤어지고 마는 것을.
울고불고 애절하게 매달릴 필요가 무에 있나?
어차피 언젠가는 바람처럼 훌쩍 떠나버리는 것을.

나는 예산초등학교에 입학하여 2학기에 시골로 전학했다.
아버님이 다니던 군청을 떠나 고향으로 낙향했기 때문이다.
전학을 가 보니 친구들은 코를 질질 흘리는 학생들뿐이었다.

교단에서 인사하는데 아이들 시선은 부러움 그 자체였다.
당시 나는 깔끔한 교복에 책가방을 들고 다녔기 때문이다.
공부까지 잘하여 나는 졸지에 학교의 스타가 되어 버렸다.

이제 와 깊이 생각하니 그것은 순전히 어머님의 덕분이었다.
어머님은 자식이 일하는 것보다 책 읽는 것을 더 좋아하셨다.
살림이 어려워 남의 밭일을 나가셔도 한마디 말씀이 없으셨다.

아아, 세월이 지나서 돌이켜보니 너무도 큰 잘못을 한 것 같다.
언제나 두통과 소화불량으로 고생하던 어머님을 살피지 못했다.
친구들이 부모님을 도와드릴 때 나는 책만 읽고 있었던 것이다.

금창초

머칠 전부터 오른손 손가락이 뻣뻣하고 저리기 시작했다.
무심하게 넘기다가 생각하니 한번은 병원에 가봐야겠다.

평소 알고 지내는 지인의 병원에 가니 엑스레이를 찍는다.
그리고는 생각지도 않았던 목 디스크가 약간 있다고 한다.

손가락의 이상은 목에서부터 비롯되었다는 것이다.
손가락 끝의 이상을 목에서 잡아내는 것이 신기하다.

역시 원인을 정확히 알아야 치료 방법을 찾을 수 있다.
근본 원인을 찾지 않고는 완전한 치료를 할 수가 없다.

아내가 금화규 꽃씨를 많이 구해왔다.
금화규가 우리 몸에 아주 좋다는 것이다.
그래서 집 둘레 담장 근처에 심었다.

금화규는 콜라겐이 풍부하여 피부 미용에 좋다.
갱년기 증상 완화와 혈액 순환에도 유익하다.
또한 몸의 독소를 제거하고 면역력을 강화시킨다.

아내는 꽃을 말린 뒤 솥에 넣어 밥을 지었다.
그리고 틈틈이 금화규 꽃차를 만들어 복용하였다.
아내의 건강이 좋아졌으면 좋겠다.

기린초

하루에 만 보 걷기를 시작한 지도 삼 년이 넘었다.
일만 보 걷기는 일주일 단위로 걷는 것이 기록된다.
혹시 오늘 부족하게 걸었다면 내일 걸으면 된다.
하지만 일주일 뒤에는 꼭 칠만 보를 채워야 한다.

그동안 부득이한 일로 딱 한 번 약속을 어긴 일이 있다.
그 후로는 국내에 있건 해외에 있건 약속을 지켜왔다.
그렇게 제주도 올레길도 여섯 번에 완주할 수 있었고
걷기 관계기관의 글짓기대회에서 우수상을 타기도 했다.

오늘은 아침부터 풀을 뽑는 일로 걷기를 대신하였다.
한 시간 동안 열심히 일을 하였는데 겨우 1,640보이다.
무더위에 일만 보를 어찌 채울까 생각하니 아득하다.
아무래도 저녁에 다시 한참 동안 걸어야 할 모양이다.

요즘 여자 중고생들 사이에 립스틱이 유행인 모양이다.
시내를 걷다가 이따금 입술을 칠한 여학생을 만나는데
내 눈으로 볼 때는 어쩐지 그리 예쁘게 보이지 않는다.

한창 예민한 시기의 그네들 심리를 모르는 것은 아니지만
청순하고 순결한 모습을 해치는 것 같은 느낌이 든다.
이러한 내 생각이 정말 옳은 것일까?

누군가는 거울의 발명이 여성 비극의 시작이라고 하던데
그 말은 상당한 설득력이 있는 것 같다.
아름다워지고 싶은 여성들의 욕망을 누가 막을 수 있겠는가?

긴병꽃풀

요즘에는 게이트볼에 빠져서 산다.
입문한 지 벌써 이 년 정도가 되었다.
그동안 실력도 조금은 향상되었다.
가끔은 선수로 경기에도 출전한다.

처음 배울 때는 게이트를 통과하기도 힘들었다.
또한 실수를 하면 다른 선수들에게 보통 미안한 것이 아니다.
나 때문에 게임을 망쳤다고 속으로 욕을 하는 것 같았다.
그 고비를 무사히 넘기니 이젠 마음이 편안하다.

무슨 일이든지 고비가 있다.
그 고비를 잘 넘겨야 실력이 늘어난다.
어렵다고 포기하면 영영 자신감을 잃고 만다.
그 고비야말로 자신을 발전시키는 중요한 기회이다.

긴
―
산
꼬
리
풀
.

까마중

개(犬)가 저지른 잘못이 얼마나 크길래
기분 나쁘게 '개-'라는 글자를 함부로 붙이는가?

사물에 붙이면 형편없이 나쁜 물건이 되고,
개떡, 개복숭아, 개살구 등등.

사람에게 붙이면 그보다 더한 욕이 없으렷다?
개xx, 개x, 개xx,

이 세상에 개만도 못한 x들이 얼마나 많은데
왜 '개-'라는 접두사를 함부로 갖다 붙이는가!

때로 삶이 부담스러워질 때는
아무런 생각도 없이 차를 몰고
남쪽으로 남쪽으로 내달립니다.

대진고속도로를 신나게 달리다 보면
무주 구천동이 유혹하는데
곤돌라를 타고 향적봉에 오릅니다.

거기서 중봉 쪽으로 가다 보면
구름처럼 무리 지어 핀 까실쑥부장이가
그대 얼굴처럼 곱기만 합니다.

까치수영

시골 아침의 삶은 정신없는 시간과의 싸움이다.
동트기 전 아버지는 새벽같이 논으로 나가신다.
논에 고인 물이 충분한지 살펴야 하기 때문이다.
아버지는 매일 새벽 논으로 순례의 길을 떠난다.

새벽에 어머니는 눈을 비비며 부엌으로 나간다.
학교에 가는 아들에게 아침밥을 먹이려 함이다.
새벽바람은 차갑고 우물가는 무척 미끄럽다.
어머니는 아들의 세숫물을 데우며 흐뭇해하신다.

먼곳의 학교에 다니는 아들도 서둘러 일어나야 한다.
이십 리가 넘는 길을 걸어가려면 새벽밥을 먹어야 한다.
두 시간 이상 걸려도 그곳이 인근 학교보다 낫다고 한다.
산고개를 넘을 즈음, 마을은 밥 짓는 연기에 파묻힌다.

멸종 위기에 처한 토종 꽃.
이른 봄에 피어나는 자태 고운 꽃.
이제는 식물원에나 가야 보는 꽃.

제발 캐가지 마세요.
그냥 거기에 두지 않고 왜 캐가나요?
결국은 죽이고 마는 것을.

꽃다지

분재는 나무를 화분에서 재배하는 기술이다.
문인목은 고고하면서도 기품이 있어 보이고
현애는 절벽에 의지하여 사는 고달픔을 느끼게 한다.

문제는 나무를 명품으로 만들기 위해서
비틀고 자르면서 너무 많은 스트레스를 준다는 데 있다.
명품으로 거듭나기 위해 그런 과정이 필요하기 때문이다.

그러나 사람은 아무리 성형을 해도 명품이 되지 않는다.
'보기 좋은 떡이 먹기도 좋다'고는 하지만
보기 좋은 떡이 꼭 맛이 있는 것은 아니다.

술을 마시는 날은 으레
마음속에 맺혔던 불만과 울분을 털어놓았던 것 같다.
공연히 객기를 부리고 쓸데없는 정의감을 불태웠던 것 같다.

서서히 술이 오르면 불만의 크기만큼 목소리도 높아지고
안주가 동이 날 때쯤이면 울분도 최고조에 이르러
사람들이 민망할 정도로 내 이야기만 떠벌였던 것은 아닐까?

그동안 매일 같이 눈을 뜨면 해야 하는 집안일부터
늘상 만나는 소중한 이웃들의 소소한 잘못을 안주 삼아
마시고 또 마시며 그렇게 취해갔던 것은 아닐까?

그렇게 마셔대는 정신 없는 술자리에서
결코 보여서는 안 될 마음속의 민낯을 다 드러내놓고
아침이면 염치도 없이 술국 타령이나 하지는 않았을까?

꽃무릇

해마다 추석 무렵이면 꽃무릇(석산)이 곱게 핀다.
올해도 추석이 가까운데 왜 꽃이 안 보이나 했는데
어느새 남쪽에서 꽃이 피었다는 소식이 들려온다.

우리나라에서 꽃무릇이 가장 아름다운 곳은
전라도 땅 불갑사와 고창 선운사일 것이다.
길가는 물론 산속에까지 꽃이 불야성을 이룬다.

잎이 먼저 피고 그 잎이 져야만 꽃이 피므로
잎과 꽃이 서로 만나지 못하는 꽃.
그래서 항상 서로 그리워하기에 상사화라 했다던가.

계절의 변화에 따라 꽃은 어김없이 피고 지는데
내 인생은 한번 가면 다시 돌아오지 못하는구나.
다만 계절이 지나는 길목에서 추억만 그리워할 뿐.

언제부턴가 아침에 일어나면
머리가 맑지 않다.
눈은 떴는데 일어나기가 싫고
그냥 조용히 잠들어버리고만 싶다.

이러면 안 된다고,
아직도 남은 날이 많은데
이러면 안 된다고 애써 다잡아 보지만
머릿속에 들어온 생각은 좀처럼 사라지지 않는다.

전에도 가끔은 이런 어줍잖은 생각 때문에
때로는 사진기를 메고 산과 들을 헤매기도 했고
때로는 인터넷 바둑에 빠져들기도 했었는데
이제는 또 무엇에 미쳐버려야 하나?

꽃여뀌

꽃여뀌는 눈에 잘 띄지 않는 꽃이다.
색깔도 칙칙하여 누구에게도 주목받지 못하는
가련한 꽃인지도 모른다.

하지만 누가 보아달라고 했던가?
그냥 무심히 피었다가 씨앗을 남기고
때가 되면 조용히 스러져 갈 뿐.

그에 비하면 인간은 너무나 요란스럽다.
자신을 드러내기 위하여 안간힘을 쓴다.
과연 인간의 진정한 아름다움이란 무엇일까?

드러내지 않아도 배어 나오는,
자랑하지 않아도 저절로 느낄 수 있는,
내면에서 우러나오는 그런 인간미가 아닐까?

오늘이 초복이라고 한다.
마트에 들렀더니 닭이 동이 났다.
바야흐로 닭의 수난 시대가 시작된 것이다.

더위가 사람을 지치게 하는데
더위를 이기기 위해
사람들은 애꿎은 닭을 잡는 것이다.

이른 아침
전신주에서 까치가 우는데
반가운 손님은 어디쯤 오고 있을까?

그보다는 내가 먼저 전화를 해야지.
초복의 무더위를 이기기 위해
토종닭이라도 잡아놓고 친구들을 불러야지.

꽃창포

꽃이 지는 모습을 보면 공연히 마음이 아프다.
봄 한 철, 찬란하게 아름다움을 뽐내다가도
이윽고 때가 되면 여린 꽃잎을 떨구고
기억 속에서 사라지는 모습이 애잔하기 때문이다.

마음을 아프게 하는 것은 그것만이 아니다.
꽃잎이 떨어지는 모습을 상상해 보라.
벚꽃은 꽃잎을 한 장 한 장 나부끼면서 떨어진다.
가는 봄을 아쉬워하듯 미련을 남기며 지는 것이다.

그에 비하여 동백이나 모란은 지는 모습이 다르다.
꽃송이도 클 뿐만 아니라 꽃 색 또한 붉은 것이
아무런 미련도 없이 꽃송이째 뚝뚝 떨어져 버린다.
꽃도 때가 되면 떠나야 한다는 것을 아는 것일까?

나이가 들면 마음이 여려지는가 보다.
오늘 아침에도 인터넷의 글을 읽다가
울컥하여 하마터면 눈물을 쏟을 뻔하였다.

세상에는 악한 사람보다 선한 사람이 더 많고
슬픈 일보다는 기쁜 일이 훨씬 더 많다.
그래서 이 세상은 정말 살 만하지 않던가.

짜리

집에서 화초를 기르기 시작한 지도 벌써 20여 년이 지났다.
처음에는 달랑 사진기를 하나 메고 야생화를 찾아다녔는데
하나씩 식물을 모으다 보니 어느새 화분이 백여 개가 넘었다.
그러므로 매일매일 물을 주는 일부터 해야 할 일이 많아진다.

가장 큰 고민은 아내와 함께 여행하기가 어렵다는 점이다.
어디에 가서 하룻밤이라도 묵으려면 화초 걱정이 앞선다.
그래서 아이들이 독립한 후로는 여행도 각자 가게 되었다.
아내는 아내 친구들과 가고 나는 내 친구들과 가는 것이다.

더구나 늙은 강아지까지 키웠으니 오죽하랴.
어쩌다가 이런 상황이 되어버린 것일까?
아니, 이렇게 사는 것이 과연 옳은 것인가?
내가 스스로 생각해도 참 얄궂은 운명이다.

새벽은,
할 일 없이 입술만 뜯고 있어도 좋다.
가끔씩 지나가는 차량의 불빛이 있어서 좋다.
책상 앞에 멍하니 혼자 앉아 있을 수 있어서 좋다.
잠자는 가족들의 편안한 숨소리를 들을 수 있어서 좋다.
째깍째깍 들려오는 시계의 초침 소리가 규칙적이어서 좋다.
캄캄한 어둠 속에서 조금씩 푸른색으로 변해가는 하늘빛이 좋다.
베란다에서 숨죽이며 꽃봉오리를 피우는 소리가 들려서 좋다.
창문 너머로 보이는 가로등 불빛 몇 개가 정다워서 좋다.
하루라도 늙은 고양이를 더 볼 수가 있어서 좋다.
내게 잘못한 사람들을 용서할 수 있어서 좋다.
아무도 간섭하지 않는 공허함이 좋다.
이윽고 집마다 불이 켜져서 좋다.

새벽은.

꿩의다리

탁구 시합을 하다 보면 언제나 마음이 편치 않다.
회원들이 많아서 시합은 복식으로 주로 하게 되는데
문제는 두 사람이 함께 팀을 이루는 데 있는 것 같다.

팀을 구성하면 어쩔 수 없이 실력의 차이가 생긴다.
유감스럽게도 나는 조금 잘 치는 편에 속하므로
나와 짝이 된 사람에게 불만을 토로하는 경우가 많다.

생각 없이 공을 넘겨 상대방이 바로 공격하게 만들지를 않나,
곱게 수비만 할 것이지 공연히 공격한다고 실점을 하질 않나,
적절하지 않은 동작으로 너무나 잦은 실수를 연발하는 것이다.

그러기에 게임이 끝나면 항상 후회를 하게 된다.
'아서라! 너는 언제부터 그렇게 탁구를 잘 쳤느냐!'
아무래도 나는 아직 수양이 많이 부족한 모양이다.

어제는 갑자기 눈이 내리고 온도마저 떨어져 길바닥이 얼어붙었
다.
며칠간 포근하여 봄이 오는가 했더니 날씨가 공연히 심술을 부린
다.
하기야 언제 한번이라도 꽃샘추위도 없이 봄을 맞은 적이 있었던
가.
겨울의 끝자락에서 봄을 맞기가 어디 그리 말처럼 쉽겠는가 말이
다.
인생사가 그렇게도 자기가 마음먹은 대로만 된다면 얼마나 좋으
랴.
그러나 거저 되는 것은 아무것도 없고 모든 것은 노력의 결과이
다.
하는 일이 잘 되어간다 싶더라도 까딱 잘못하면 실패를 하고 만
다.
처음부터 끝까지 자신의 일에 최선을 다하고 정성을 기울여야 한
다.

끈끈이대나물

오늘도 창가에 앉아 차 한 잔을 마신다.
음악은 조용하면서도 우수에 젖은 것이 좋다.
커피잔에서는 김이 모락모락 솟아오르고
머릿속에서는 지난날의 이야기들이 스멀거린다.

때로는 어린 시절 함께 뛰놀던 친구들로부터
철들고 사귀었던 여자애들에 이르기까지,
혹은 젊은 시절 정신없이 일에 몰두했던 열정으로부터
이제는 조금의 여유를 부리는 지금에 이르기까지.

산다는 것은 한 조각 구름 같은 것.
바람 따라 이리저리 흔들리며 지나온 세월.
어느새 과거는 추억이란 이름으로 포장이 되어버리고
얼마 남지 않은 세월은 오히려 아득하고 두렵기조차 하다.

이른 봄이면
마른 풀잎 사이로 고개를 내민
여린 꽃잎이 앙증맞은데

쉼 없이 불어오는 바람에
흔들리는 꽃잎 따라
파인더의 촛점은 흐려지고

터질 듯 부풀어 오르는 내 가슴은
멈춰버린 호흡 때문인가,
감채꽃의 아리따움 때문인가?

나도바람꽃

봉지커피가 몸에 좋지 않다고 하지만 나는 봉지 커피가 좋다.
프림이 나쁘다고 해도 그것이 없다면 고소한 맛을 낼 수 없다.
설탕 또한 달달한 입맛을 내려면 꼭 필요한 존재가 아니던가.
봉지커피는 커피와 프림 그리고 설탕의 환상적인 결합체이다.

그러니 내게, 설탕을 뺀 커피를 마시라고 하지 마시라.
테이크 아웃 커피를 사 들고 걷는 일도 어색할 뿐이다.
고속도로 휴게소에 들러서도 나는 자판기 커피를 찾는다.
그런데 자판기 커피는 왜 항상 구석진 곳에 숨어 있는가?

요즘엔 설탕이나 프림을 빼낸 봉지커피도 나오는 모양이다.
커피가 기호식품이기에 기호에 맞추는 상술이 기가 막히다.
언제부터 우리가 밥은 굶으면서 커피를 즐기며 살았던 것일까?
갈수록 삶은 어려운데 오늘도 달달한 봉지커피나 마셔 보련다.

등산을 하려고 산의 초입에 다가서면
모두들 정상을 바라보며 비장한 결의를 다지지만
나는 주변의 풀숲부터 살펴본다.

산에 오르기 시작하면 모두들 힘찬 발걸음을 내딛지만
나는 풀숲에서 작은 꽃을 발견하고
몸을 떨면서 조심스럽게 셔터를 누른다.

그들은 어느새 저만치 앞장서서 달아나고
나는 허겁지겁 다시 그들의 꽁무니에 따라붙으면
다시 홀연히 눈앞에 나타나는 또 하나의 꽃송이!

산은 정상을 정복하려고 가는 것만은 아니다.
더러는 풀숲에 피어 있는 꽃에서 느끼는 작은 위안.
그것이 덤이 아닌 목적이 될 수도 있다.

나도잠자리난

언제부턴가 화려한 것이 싫어진다.
화려함보다는 단순함이 아름답다고 느낀다.
화려한 것은 겉만 번지르르하다는 편견도 가지고 있다.

'평범 속에 비범이 있다'는 말이 있다.
우리가 매일 살아가는 단순한 삶의 습성은
조상님들이 겪어온 숱한 시행착오의 결과가 아니던가?

포장보다는 정성을,
요란함보다는 내실을,
겉치레보다는 진심이 아쉬운 세상이다.

아침부터 예초기 소리가 들린다.
누군가 논둑의 풀을 깎는 모양이다.
장마가 뜸해지니 풀을 깎을 시기이다.
이제 본격적인 풀과의 전쟁이 시작된다.

풀을 깎고 며칠 지나면 도로 가득하다.
비라도 온다면 풀은 더욱 극성스럽게 자란다.
그렇다고 해서 제초제를 뿌린 적은 한 번도 없다.
처삼촌 벌초하듯 낫으로 그저 듬성듬성 쳐낼 뿐이다.

오늘은 하는 수 없이 낫을 들어야 하겠다.
뒤꼍의 옥수수와 호박을 지키려면 어쩔 수 없다.
오후에는 비가 온다니 오전 중에 하는 것이 좋을 것이다.
일을 마친 뒤의 시원한 샤워를 생각하면 그런대로 해볼 만하다.

나팔꽃

아침에 피었다가
저녁에 지고마는,

립스틱 짙게 바른
속절없는 사랑꽃.

언제부턴가 외로움이 좋아지기 시작했다.
가끔은 내 머릿속의 기억을 다 지우고 싶었다.
어쩌면 백치가 더 행복할 거라는 생각도 들었다.

매일 반복되는 일상의 굴레가 너무도 싫었다.
때론 주위에 있는 모든 것들이 귀찮아지기도 했다.
그럴 때마다 항상 미뤄두었던 것처럼 여행을 떠난다.

세상은 왜 이리 거추장스러운가?
생각할 것도 많고 따져야 할 것도 많다.
내가 아무리 잘하려 해도 온통 부조리일 뿐이다.

오늘도 나는 새로운 여행을 꿈꾼다.
일상의 굴레를 벗어버리고 도피하고 싶은 꿈.
결국은 제자리로 돌아올 수밖에 없음을 알면서도.

남산제비꽃

지금은 사랑이 넘치는 세상이다.
젊은이들은 시도 때도 없이 온몸으로 하트를 방출한다.
엄지와 검지를 겹쳐서 하트를 만들어 내기도 한다.

어디 그것뿐이겠는가?
SNS 문자에서도 하트를 흔히 발견할 수 있다.
참으로 요즘은 사랑이 넘치는 세상에 사는 것 같다.

진짜 그랬으면 좋겠다.
만나는 사람마다 하트를 남발하면서
반가운 마음에 얼싸안고 발을 동동 굴렀으면 좋겠다.

결혼마저 포기하는 젊은 세대.
그들이 만날 때마다 하트를 뽕뽕 날리는 것은
어쩌면 사랑받기를 절규하는 아픈 표현일지도 모른다.

낮달맞이꽃

아침 산책을 하다가 처음 매미소리를 들었다.
그러고 보니 요즘 뒷산에서 뻐꾸기도 울고 있다.
딱따구리의 고목나무 쪼는 소리도 가끔씩 들린다.

여름은 자연의 소리들이 어울어지는 계절이다.
하지만 불청객인 장마가 단골손님으로 찾아왔다.
어제 하루 뜸하더니 오늘은 아침부터 비가 내린다.

주책없는 개구리 한 마리가 마당에서 울고 있다.
아침 산책을 일찍 다녀온 것은 매우 잘한 일이다.
아무래도 오늘은 집에 콕 박혀 있어야 할 것 같다.

그동안 밀린 일들을 하나씩 정리하면 될 것이다.
하는 일이 없어도 할 일은 왜 그리 쌓여만 가는가?
비는 어느새 마당을 적시고 내 마음까지 젖어든다.

너도바람꽃

외국을 여행하다 보면 짝퉁 가게를 많이 만나게 된다.
일부러 그런 가게를 수소문하여 찾아가는 사람도 많다.
명품은 비싸므로 짝퉁이라도 가져보겠다는 심산이다.

우리 사회에는 이렇게 진짜 같은 가짜가 너무나 많다.
하물며 식물의 세계에도 짝퉁이 없으라는 법이 있겠는가?
'너도 바람꽃'이 있다는 사실이 결코 놀라운 일은 아니다.

나는 새것을 별로 좋아하지 않는다.
새 옷보다는 헌 옷이 좋고 겉절이보다는 묵은김치가 좋다.
나는 '친구와 간장은 묵을수록 좋다'는 말에 동감한다.

옷도 빈티지한 옷을 사고, 찢어진 옷을 기워 입기도 한다.
그럼에도 아내의 바느질 솜씨 덕분에
남들은 그 옷이 원래 그렇게 생긴 옷이려니 한다.

그렇다고 내가 자린고비는 아니다.
나는 비교적 음식값이나 술값을 아끼지 않으며,
계산을 하지 않으려고 늦게 나오는 사람은 절대 아니다.

'빈티지(vintage)'란 오래 묵은 명품 포도주에서 온 말이다.
우리네 인생도 진정 빈티지한 모습을 닮았으면 좋겠다.
오래 묵을수록 기품이 나는 그런 삶이 되었으면 좋겠다.

노랑붓꽃

영국과 프랑스의 백년전쟁 중에 있었던 일이다.
영국의 에드워드 3세는 프랑스의 칼레라는 도시를 점령한다.
승리에 취한 에드워드 3세는 칼레 시민을 모아놓고 일갈한다.
"내가 너희를 모두 죽이고 싶으나 대표 6명만 뽑아내라!"

모두가 숨을 죽이고 있는 그 순간,
스스로 죽기를 자원한 6명의 지원자가 나섰다.
그들은 당시 칼레를 대표하는 지도자들이었다.

에드워드 3세의 왕비가 간청한다.
"제가 그때, 임신 중이라 태아에게 좋지 않으니 용서하소서."
에드워드 3세는 그 말을 듣고 죽음 직전에 풀어준다.

그대는 노블레스 오블리주(Noblesse Oblige)라는 말을 아시는가?
명예(Noblesse)를 지키기 위해서는 의무(Oblige)를 다해야 한다.

꽃이 좋아
봄이면 빠짐없이 찾았던 천마산.
그 산자락을 헤매다가
고인(故人)이 된 친구가 있다.

해가 지는 줄도 모르고
길을 벗어나
흰 얼레지를 찾아 헤매다가
탈진을 했다던가!

세월은 흐르고
이제 그의 자취는 찾아볼 수 없는데
올봄에도 꽃은
무심하게 피고 또 피누나.

노랑솔나리

오늘 건강검진을 받고 왔습니다.
위 내시경 검사를 비수면으로 해보니
모니터에 나타난 위벽이 조금 헐어 있더군요.

스트레스에 헐고 술을 마셔서 또 헐고,
헐어버린 위벽을 바라보면서
건강의 중요성을 다시 생각해 보았습니다.

부정한 방법으로 재산을 모아봐도
권력을 앞장세워 횡포를 부려봐도
건강을 잃으면 아무 소용이 없는 일.

예전 선인들의 말씀처럼 안분지족하면서
이젠 욕심부리지 않고 편안히 살렵니다.
오늘은 황혼이 참 곱게도 물들었네요.

물살이 떠가는대로
세월이 흐르는대로
그렇게 기다리다가
노랗게 피어난꽃잎.

행여나 물에젖을까
목줄기 길게빼놓고
뜨거운 태양아래서
누군가 불러보지만,

조용한 호숫가에는
인적도 드물기만해
목소리 아무리커도
찾는이 하나도없네.

노랑제비꽃

山近月遠覺月小 산은 가깝고 달은 멀어 달이 작게 느껴지는데
便道此山大於月 사람들은 산이 달보다 더 크다고 말을 한다네.
若人有限大如天 만일 하늘처럼 큰 눈을 가진 사람이 있다면
還見山小月更闊 산이 작고 달이 큰 것을 알 수 있을 터인데.

명나라 왕양명이 11살에 쓴 폐월산방시(蔽月山房詩)이다.
그는 어릴 때부터 시재(詩才)가 뛰어났고
세상을 큰 눈으로 바라보는 생각이 있었던 것 같다.
세상 일은 눈에 보이는 것을 그대로 믿어서는 안 된다.

보기 좋은 떡이 항상 먹기에 좋은 것은 아니며,
빛깔이 곱다고 하여 다 맛 좋은 과일은 아니다.
백문이불여일견(百聞而不如一見)이라고들 말하지만,
어쩌면, 백견이불여일각(百見而不如一覺)이 맞지 않을까?

쓰다가 지우고 쓰다가 지워도
이제는 얼굴이 떠오르지 않네요.
혹시나 생각이 날까 하여
한없이 쓰고 또 써 보는 그대의 이름.

추억은 머릿속을 맴돌고
그리운 목소리는 귓가에 들려오는데
어쩌다가 잊혀졌을까.
그대의 고운 얼굴.

노루발풀

우리집에 드나들던 아롱이가 보이지 않는다.
언제부터인가 암컷 고양이 소심이를 사이에 두고
도둑고양이 네로와 싸움을 벌이더니 결국 지고 만 모양이다.

아롱이가 사라진 지 벌써 이틀째.
이제 오나 저제 오나 살펴보아도 오지 않으니
결국은 우리집을 떠나 버렸나 보다.

오래 전 눈꼽이 끼고 비쩍 마른 몰골로 나타났기에
먹이를 주고 보살펴 살려 주었다니
보은한다고 뱀도 잡고 쥐도 잡아 왔는데.

힘이 없으면 밀려나는 것이 자연의 섭리이다.
하지만, 배가 고프면 언제든지 찾아오거라.
네가 먹을 먹이는 항상 준비해 놓을 터이니.

3박 4일 일정으로 중국 태항산(太行山)에 다녀왔다.
새로 공개된 여행지로 한국인이 개발한 곳이라 한다.
경치가 뛰어나 그야말로 천하의 비경이 아닐 수 없다.

중국의 태행산과 왕옥산 사이에 북산(北山)이 있었다.
북산에 살던 우공(愚公) 노인은 높은 산이 불편했다.
그래서 불편을 해소하고자 그 산을 옮기기로 하였다.

둘레 700리의 산 흙을 퍼담아 왕복하는 데는 1년이 걸린다.
친구 지수(智搜)가 그만두라고 권유하자 우공(愚公)이 말했다.
"내게는 자식과 손자가 있어 그들이 대를 이어나갈 것이다."

불가능에 도전하는 인간의 노력이 진정 위대하기만 하다.
우공이산(愚公移山)의 고사(故事)를 들으며 마음에 새긴다.

노루오줌

설피 마을로 유명한 진동리로 가는 길.
도랑을 건너 지나가다가
산기슭에 핀 노루오줌을 만나다.

노루오줌은 뿌리에서 누린내가 나는데
그 냄새가 노루의 오줌 냄새와 비슷하여
붙여진 이름이라고 한다.

더운 여름 숲속에 피는 꽃들은
산행하는 사람들의 피로를 덜어주고
눈길을 부드럽게 해주는데,

진동리에서 출발하여 산길을 오르면
지천으로 깔린 무수한 들꽃의 무리.
그래서 이곳을 천상의 화원이라 부른다.

이제 오이 덩굴도 시들해지고 호박잎도 말라간다.
토마토 줄기가 시들어가고 가지도 신통치가 않다.
풋고추만 하루가 다르게 붉게 물들어가는 중이다.

얼마 후에는 김장배추와 무우를 심어야 할 모양이다.
장마로 인해 땅에는 충분한 수분이 공급되었다.
그러니 이제 비는 그만 내려도 좋을 듯하다.

백일홍과 과꽃도 햇빛을 좀 보았으면 좋겠다.
장마에 가려 여름이 속절없이 지나가고 있다.
정원에는 키 큰 삼잎국화가 환하게 웃고 있다.

배롱나무도 분홍색 꽃을 활짝 피웠다.
문 앞에서는 들고양이가 찾아와 낮잠을 청하고
나는 커피 한잔을 앞에 놓고 생각에 잠긴다.

닥풀

전라도 담양 땅.
여행하다가 우연히 만난 꽃.
노란 꽃송이가 참으로 탐스러워라.

여러 그루 모여 섰는데,
어찌 그리 부끄러워 고개를 숙이누?
꽃술만은 꼭 보아야 쓰겠다마는.

키가 훌쩍 커서
무릎을 꿇지 않아도 볼 수 있는 꽃.
연노랑 꽃잎이 참으로 곱기도 하네.

아침마다 일어나서 산책을 나간다.
동이 트기 전, 신선한 공기를 마시러 나간다.
동네 앞 개울길을 따라 약 한 시간 정도를 걷는다.
걸음으로는 약 7,000보 정도가 된다.

길 옆 개울 둑에는 꽃들이 무더기로 핀다.
개망초, 기생꽃, 달맞이꽃, 코스모스, 나팔꽃 등등.
철따라 피고 지는 모습이 아름답다.
그렇게 '꽃과 나누는 이야기' 는 시작되었다.

아무도 없는, 곧게 뻗은 길을 묵묵히 걷다 보면
그동안 잊고 있었던 이야기들이 스멀스멀 피어오른다.
기억의 저편에서 그동안 잠자고 있던,
혹은 아름답고 혹은 애잔한 이야기들이다.

달구지풀

이른 아침 걷기를 하는데 젊은 청년이 달리기를 한다.
가쁜 숨소리가 들리더니 어느 순간 나를 지나쳐간다.
키가 크고 체구가 건장한 것이 힘은 좀 쓰게 생겼다.
걸음이 무거우니 달리기를 오래 한 것은 아닌 듯하다.

그를 보니 문득 예전 생각이 난다.
그래, 내게도 저런 시절이 있었지.
20년 전만 해도 아침결에 태조산을 달려 올라갔는데
이제는 나를 앞서가는 청년이 부럽기만 하다.

문득 다시 달려볼까 하는 생각도 든다.
10년 전까지만 해도 10km는 1시간 안에 달렸다.
하지만 이제 내 나이가 얼마이더냐?
아서라, 지금 걷는 것만 해도 너무 행복하지 않느냐!

얼마나 기다리다 꽃이 됐나.
밤이면 홀로 피어 달맞이하는 꽃.

언제부턴가 우리 땅에 파고들어
천지에 억센 뿌리를 박고,

아무데서나 질긴 생명력을 자랑하는
참으로 염치도 없는 꽃.

닭의장풀

모처럼 한가한 시간에 음악을 들을 때나
저녁 무렵 노을 지는 황혼을 물끄러미 바라볼 때나
혹은 종이 박스 몇 개를 싣고 가는 노인을 볼 때,
문득 스쳐가는 슬픔을 느낀다.

인생은 기쁜 것도 슬픈 것도 아니겠으나
목숨 가진 모든 것들이 슬프다는 생각이 든다.
결코 나이를 먹었다는 이유만은 아닐 것이다.
젊은 시절에도 삶에 대해 슬픔을 느낄 때가 많았다.

어쩌면 감미로웠던 추억마저도 슬픔인지 모른다.
철없던 시절 어설픈 짝사랑도 그러하였고,
그가 나를 떠났을 때나 내가 그를 지울 때도 그랬다.
언제나 만남의 기쁨보다는 이별의 슬픔이 더 컸었다.

어린 시절, 어느 무더웠던 여름날.
아버님과 어머님께서 푹푹 찌는 담배밭에서
담뱃잎을 따던 모습이 눈에 선하다.

담뱃잎은 잔털이 많아서 손목에 쓸리면 따갑기만 한데
바람 한 점 통하지 않는 담배밭 고랑엔
두 분이 흘리신 땀만 흥건히 고여 있었다.

도시에서 공부하던 나는 농삿일을 할 줄 몰라서
담뱃잎 몇 개 따다 말고 한참을 밭둑에 앉아
멍하니 하늘만 바라보고 있으면,

"너는 제발 농사짓지 말고 살거라."고 하시며
밭 근처에만 가도 극구 쫓아내시던
어머님의 땀에 절은 얼굴엔 미소가 번지고 있었지.

덩굴닭의장풀

우리집 뽀공이가 요즘 통 식욕이 없다.
먹이를 주면 달아나고 틈만 나면 낮잠을 잔다.
마침 심장병 약이 떨어져 동물병원에 가서 문의를 했다.
뽀공이는 지금 심장병의 후유증으로 아프다고 한다.

그러면서 혈전 용해제와 식욕 개선제를 추가해 준다.
15일치 약값이 14만 원이니 한 달에 28만 원이다.
그러면 뽀공이에게 들어가는 내 용돈이 얼마이더냐.
사료값, 간식비, 미용비를 합하면 30만 원이 넘는다.

아내는 이번에 먹이는 약이 떨어지면 그만 먹이자고 한다.
뽀공이에게는 "어느날 잠자듯이 가야 한다"고 다짐을 둔다.
하지만 어찌 생명이 있는 것에 그런 죄악을 범할 수 있으랴.
뽀공이가 아픈 것을 생각하면 공연히 마음이 무거워진다.

오대산 월정사 가는 길가에 있는 자생식물원.
거기에 가서 사진을 찍었던 때가 언제이던가?
그곳에서 처음 만난 그때 그 꽃―도깨비부채.

잎이 워낙 커서 부채로 쓰면 시원할 법도 한데
커다란 잎에 비하여 꽃은 또 왜 그리도 작은지.
세상 이치가 생각대로 되는 것만은 아닌 듯하다.

사람도 이런 이치를 닮아서일까?
키가 작은 여자는 키가 큰 남자를 좋아하고
키가 큰 남자는 아담한 여자를 선호한다고 한다.

그러니 짚신에도 짝이 있다는 말이 거짓은 아닌 듯한데
서울에서 혼자 사는 우리 집 아이는 언제나 짝을 찾을까?
더 늙기 전에 마지막 숙제를 해야 하는데 큰 걱정이다.

도라지

창밖에 서서히 어둠이 밀려온다.
어디선가 쏴 하는 소리가 들려온다.
벌써 가을 풀벌레 소리인가?
아니면 내 머릿속에서 나는 소리인가?

자판의 글자가 희미하여
정확하게 타이핑을 하기가 어렵다.
손가락의 힘도 약하여
받침이 있는 글자가 제대로 찍히지 않는다.

벌써 몇 시간이나 지났을까?
배고픔도 넘어서 이젠 배도 고프지 않다.
그만 일어나야 할 시간인가 보다.
컴퓨터는 너무 중독성이 강하다.

한번 들은 음악을 듣고 또 듣는다.
언제부터인가 노래의 가사는 잊어버린 지 오래다.
그저 멜로디와 분위기가 좋으면 그뿐이다.

음악을 듣다 보면 미처 생각지도 못했던 일들이 떠오른다.
그중에서도 가장 많이 떠오르는 것은 과거의 추억들이다.
나이가 들면 추억을 먹고 산다더니 그래서 그런 것인가?

지금 듣고 있는 음악은 벌써 수십 번도 더 들었다.
그래도 들을 때마다 좋고 그래서 또 듣게 된다.
그냥 버릇처럼 컴퓨터 앞에만 앉으면 듣는 것이다.

혹시나 누가 들을까 하여 볼륨을 조금 줄여 본다.
아무도 모르게 나 혼자만 듣는 The Weaving.
미국 여성 보컬리스트 데니안(Denean)의 두 번째 앨범이다.

돌단풍

돌단풍은 잎이 단풍나무 잎을 닮아서 돌단풍이라 한다.
굵고 억센 뿌리로 주로 바위틈에 자리를 잡고 살아간다.
항산화 성분이 있어 노화 방지에도 효과가 있는 식물이다.

항산화란 세포를 산화 스트레스로부터 보호하는 역할을 말한다.
산화 스트레스는 세포에 손상을 주고 노화의 원인이 되는 것이다.
그뿐만 아니라 항산화 물질은 심혈관 질환과 암에도 효과적이다.

돌단풍은 어린 잎과 줄기를 데쳐 나물로 만들어 먹는다.
특히, 잎에서 붉은빛이 날수록 부드럽고 연하다고 한다.
손질할 때는 한 번 데쳐낸 후 조리하면 풋내가 가신다.

돌아보면 온 세상이 몸에 좋은 약초이며 나물의 천지이다.
그동안 우리는 자연의 약초를 잊고 무엇을 먹고 살았던가?
이제부터는 몸에 좋은 먹거리를 자연에서 찾아봐야 하겠다.

피서를 위해 바다를 찾은 적이 언제였던가?
물론 풀장이나 물놀이 시설도 마찬가지이다.
원인은 나의 불룩 튀어나온 똥배 때문이다.

불규칙한 식사에 과음까지 겹쳐 그렇게 된 모양이나
한번 나온 배는 전혀 들어갈 조짐을 보이지 않는다.
더구나 운동마저 하지 않으니 이 노릇을 어찌한다?

물론 나도 바닷가에 가고 싶은 마음이 아주 없지는 않다.
시원한 바람과 파도가 있는 곳, 그곳이 어찌 그립지 않으랴.
하지만 배불뚝이로 돌아다니는 모습을 상상하기는 끔찍하다.

이럴 줄 알았으면 평소에 운동을 해둘 걸 그랬다.
젊은 시절에 식스팩이라도 만들었으면 좋았을 텐데.
그때는 열심히 일만 했던 것이 이제는 후회가 된다.

동의나물

꽃이 예쁘다고 하여 모두 향기가 좋은 것은 아니다.
예쁜 꽃에도 가시가 있고 어떤 것은 독성까지 있다.

속이 비어서 허전한 자는 겉모습을 꾸미고
속이 꽉 찬 자는 겉모습에 연연하지 않는다.

화려한 말 속에는 간교함이 묻어있고
진실한 말 속에는 진정성이 배어있다.

'나물'이라는 말만 믿고 함부로 먹다가
독성에 중독되어 몸을 상하게 되는 꽃.

그러기에 독버섯은 화려하고 향기가 요란하지만
식용버섯은 소박하고 향기마저 은은하지 않더냐?

깊은 산속 암자에 동자와 스님이 살고 있었다.
어느날 스님은 동자를 남겨두고 시주를 나갔다.
그런데 계속 폭설이 내리기 시작했다.
스님은 겨우내 암자로 돌아가지 못했다.

이듬해 봄이 되어서야 눈이 녹았다.
스님이 암자에 도착해보니 동자는 동사(凍死)해 있었다.
스님은 동자를 양지바른 곳에 묻었다.
그 무덤가에 동자를 닮은 꽃이 피었다.

이는 설악산 오세암에 남아있는 전설이다.
동자승은 스님을 기다리며 암자에서 자리를 지켰다.
그리고 관세음보살의 은덕으로 깨달음을 얻고 꽃이 되었다.
동자꽃의 꽃말은 '기다림'이다.

두루미꽃

학은 두루미과에 속하는 조류로 두루미라고도 부른다.
예로부터 고고한 기상은 선비의 이상적인 성품을 상징하는데,
흔히 신선이 타고 다니며 천년을 장수하는 영물로 인식된다.

학은 그림이나 시의 소재는 물론 공예품과 복식에도 사용된다.
또한 학은 학자를 상징하여 문관의 흉배에 수를 놓기도 했다.
이런 의미에서 문관을 일명 학반(鶴班)이라고도 부른다.

학과 관련된 단어 중에 '학고(鶴孤)'라는 말도 있다.
학의 고적(孤寂)한 모습처럼 외롭고 쓸쓸한 사람을 가리킨다.
나도 이렇게 학처럼 고고하게 늙어갔으면 좋겠다.

한국 여자 양궁팀이 올림픽 단체전에서 9연패를 했다.
이 기록은 올림픽 역사상 전무후무한 기록이라고 한다.
정말 전 세계가 놀랄 만한, 대단한 일이 아닐 수 없다.

양궁의 사거리는 70m이고 3발씩 3세트를 쏘게 되어 있다.
그리고 과녁의 중앙 10점 자리의 크기는 사과 한 알 정도이다.
화살이 시속 약 200km의 속도로 날아가 이곳을 맞추는 것이다.

인간은 숨을 쉬기 때문에 항상 움직이는 존재이다.
그리고 날씨에 따라 바람이 불거나 비가 오는 경우도 많다.
10점을 얻는 것 자체가 신궁(神弓)이 아닐 수 없다.

두메양귀비

백두산 천지를 보기 위해서는
삼대에 걸쳐 덕을 쌓아야 한단다.
그만큼 천지를 보기가 어렵다.

첫 번째 천지를 찾았을 때,
천지는 짙은 구름에 뒤덮여
지척을 분간하기조차 어려웠다.

몇 년 후 두 번째 찾아가서야
천지의 민낯을 볼 수 있었는데,
그 장엄함은 형언하기조차 어려웠다.

내려오는 길에 찍은 두메양귀비.
거센 바람을 피해 돌 틈에 숨어있던 꽃.
그 수줍은 얼굴을 들여다본다.

후배 사무실에서 볼일을 보고 나와 보니 주차했던 차가 없다.
이리저리 살펴보아도 불법 주차로 단속했다는 표시마저 없다.
불법 차량 견인소로 전화를 해보니 들어온 차도 없다고 한다.
아무래도 문을 잠그지 않아서 도난을 당한 듯한 느낌이 든다.

차를 주차했던 근처 가게에 이야기하니 본 적이 없다고 한다.
그러면서 혹시 딴 곳에 주차했던 것이 아니냐고 반문을 한다.
나는 분명히 이곳에 주차를 했으므로 그럴 리가 없다고 했다.
경찰서에 도난신고를 하기 전에 다시 한 번 찾아보기로 했다.

그런데, 근처를 살피다가 다음 골목에 가니 차가 거기에 있다.
도대체 누가 키도 없이 내 차를 이곳으로 옮겨 놓았단 말인가.
나는 짧은 순간 차를 찾은 기쁨보다 내 망각에 놀라고 말았다.
이러다가 결국 치매에 걸리는 것이나 아닌지 걱정부터 앞선다.

둥근잎꿩의비름

운동경기의 관전 포인트는 메달을 따는 것이 아니다.
어느 선수가 얼마나 최선을 다했는가가 더 중요하다.
유력한 금메달 후보가 탈락을 해도 놀랄 일은 아니다.
실력이 출중해도 때가 되면 자리에서 물러나야 한다.

그러기에 나는 여자 핸드볼의 오영란 선수를 주목한다.
마흔 넷의 나이로 올림픽에 출전한 우생순의 맏언니다.
그녀는 최선을 다하고도 국민들에게 죄송하다고 말한다.
나는 오히려 밤새도록 응원을 못한 내 자신이 부끄럽다.

바람으로부터 봄의 냄새를 맡는다.
흐르는 시냇물에서 봄의 소리를 듣는다.
피어오르는 아지랑이에서 봄을 느낀다.

어제는 뒤뜰의 텃밭에 거름을 날랐다.
올해에도 먼저 감자를 심고
감자를 캔 다음에 김장배추를 심을 예정이다.

앞마당에는 고추와 오이, 가지와 토마토를 심는다.
물론 호박과 상추도 심어야 한다.
친구들이 오면 고기라도 굽고 된장국도 끓여야 하니까.

마당 끝 앵두나무 가지에서 까치가 운다.
오늘은 반가운 손님이라도 오시려나 보다.
시골살이는 적적하지만 한가해서 좋다.

딱지꽃

스트레스를 받는 날은 마음이 무겁다.
혈압이 치솟고 가슴이 답답해진다.
그런 때는 문득 술 생각이 나곤 했다.

술은 만병 통치약이었다.
술자리에서 울분을 토해내고 나면
나름대로 마음이 진정되었다.

하지만 술을 마셔도 해결되는 것은 없다.
술기운은 사라져도 본질은 여전히 남아있는 것이다.
술을 자제하고 나니 비로소 그것이 무엇임을 알겠다.

어린 시절에는 십리사탕 한 알이면
하루가 온종일 즐거웠는데
이젠 사탕 한 알로는 더 이상 즐겁지 않다.

어쩌다 이렇게 변해 버렸을까?
나이가 들어 세월이 흘러갈수록
욕심의 두께만 자꾸 늘어갈 뿐이다.

오늘은 졸업 후 한 번도 만나지 못했던
초등학교 친구들을 만나러 간다.
그들과 만나 어린 시절을 이야기하고 싶다.

어린 시절 아까워서 깨물지도 못하고
혓바닥으로 단물만 쪽쪽 빨아먹던 십리사탕.
그 달콤한 이야기를 밤새워 추억하려고 한다.

마타리

우리 땅에는 예로부터 많은 나물들이 있었을 것이다.
가뭄과 기근이 심했던 시절이 많았으니 더 그러하다.
특히 먹을 수 있는 것이 없는 것보다 많았을 것이다.
그러나 지금은 다른 먹거리에 밀려 사라진지 오래다.

현재 우리가 자주 먹는 나물은 고사리와 도라지, 달래,
더덕, 당귀, 머위, 산마늘, 삼채, 참나물, 원추리, 냉이,
취나물, 곰취, 씀바귀, 방풍나물 등 몇 개 되지 않는다.
하지만 이 외에도 쑥부장이, 제비꽃, 쇠뜨기, 개망초 등
수많은 식물들이 우리 땅 곳곳에서 많이 자라나고 있다.

내년 봄에는 아무래도 산과 들로 돌아다녀야 하겠다.
나물을 뜯어 묵나물을 만들고 효소를 담글 예정이다.
골고루 준비해서 찾아오는 지인들과 함께 나누고 싶다.
나를 기억하고 찾아 주는 것이 얼마나 고마운 일인가?

새벽부터 창밖에는 안개가 자욱하다.
문득 찾아드는 무기력감, 불안감, 불투명함.
선명하게 보이는 것은 아무것도 없다.

한 치 앞도 내다보지 못하는 것이 인생인데,
그동안 나는 별 탈 없이 잘도 살아왔구나!
그저 고맙고 감사할 뿐이다.

이제는 하나씩 정리하는 삶을 살아야 하는 나이.
앞으로는 감사하고 또 감사하며 살아야 하겠다.
그것이 내가 이 세상에 보답하는 길이 아닌가?

만수국

송강 정철은 자신이 귀양을 가 있으면서도
천석고황(泉石膏肓)*에 걸렸다고 했는데
가끔은 그 말이 맞는 얘기라고 생각한다.

틈이 나면 산과 들로 돌아다니며 자연을 즐기고
그 고장의 자연과 풍류를 탐하는 것이
어찌 정철이 말한 천석고황이 아니겠는가?

조선 팔도에 지천으로 피는 꽃을 찾아서 유람하는 것은
사진기 하나만 가지면 되는 것인데 어찌 망설일 수 있으랴.
나이 들고 힘이 빠져도 할 수 있으니 더 말하여 무엇하리.

*천석고황(泉石膏肓) : 자연을 즐기고 사랑하는 고질병

내게 있어서 여행은 삶 그 자체이다.
시간이 많아서도 아니요, 돈이 많아서도 아니다.
단지 삶의 우선순위를 여행에 둔다는 점밖에 없다.

혼자 떠나는 여행은 마치 고독한 순례자의 길과 같다.
그물망처럼 얽힌 삶에서 바둥거리는 자신이 답답할 때
가끔은 그물 밖으로 빠져나와 여행을 떠나는 것도 좋다.

그러다가 결국 가장 편안하고 행복한 곳은
내 가정이 있고 친구들과 이웃들이 살고 있는
바로 '여기'라는 아주 평범한 사실을 깨닫게 된다.

만주붓꽃

새벽에 눈을 뜨면 이런저런 생각이 많다.
삶의 끝자락에서 만나는 사람은 누구일까?
오늘 새벽에는 문득 그런 생각이 든다.

결론은 바로 '나'라는 존재가 아닐까?
사랑도, 미움도, 욕심도, 미련도 없는 본연의 나.
그런 마음으로 산다면 참 좋을 텐데.

오늘도 어김없이 눈을 뜨고
원하든 원하지 않든 수없는 사람들을 만나겠지만,
진짜 만나야 할 사람은 바로 '나' 자신이다.

산과 들로 나가면 장소를 가리지 않고 야생화가 많이 핀다.
하지만 사람들은 발밑에 흐드러지게 핀 들꽃들을 잊고 산다.
화원에서 파는 예쁘고 향기가 좋은 꽃만을 좋아하는 것이다.
그러므로 자연에서 피는 들꽃은 더 이상 꽃이 아닌 듯하다.

이 세상에 지천으로 깔린 것이 수많은 사람들이다.
그들을 우리가 길에서 만나도 아무런 감흥이 없다.
하지만 TV에 나오는 연예인들에 대해서는 관심들이 많다.
상대적으로 평범한 나 같은 사람은 아무도 주목하지 않는다.

꽃은 작아도 색이 다르며 각각 독특한 향기를 지니고 있다.
문제는 우리가 잘못된 프리즘으로 꽃을 바라보는 데 있다.
벌과 나비가 꽃의 종류를 따져가며 꿀을 빨고 다니는가?
우리가 자연에서 무엇을 배워야 하는가는 자명한 일이다.

말냉이

학교 선배와 만나다가 결혼식 주례 이야기가 나왔다.
요즘은 결혼 예식장에 전속 알바 주례가 있다는 것이다.
깜짝 놀라 어떻게 그런 사람이 주례를 보느냐고 물었다.
선배는, 그러기에 기회가 되면 동문들을 도와주라고 했다.

그것이 주례를 맡는 시작이 될 줄은 그때는 전혀 몰랐다.
며칠 뒤 그 선배는 내게 간곡히 아들의 주례 부탁을 했다.
그런데 최근에 또 주례를 맡아달라는 후배가 나타났다.
더 좋은 분에게 부탁하라고 거절했으나 막무가내로 매달린다.

주례라 하면 양가 자녀들의 결혼을 주관하는 사람이다.
그러므로 결혼생활의 모범이 되는 사람이 맡아야 할 것이다.
또한 사회적으로 존경을 받는 분이어야 할 것도 당연하다.
그런데 내게 부탁하다니 너무도 부끄럽고 민망할 뿐이다.

유난히 비를 좋아하는 친구가 있다.
그는 비가 오는 날 꼭 술을 마신다.
오늘도 비가 오더니 전화가 울렸다.

비가 좋은가?
술이 좋은가?
내가 좋은가?

도대체 무엇이 좋은가는
만나서 술을 마셔가면서
매듭을 풀어 볼 일이다.

매발톱

매발톱꽃의 꽃말은 '버림받은 애인'이다.
얼마나 바람끼가 심하면 이런 꽃말이 붙었을까?
실제로 매발톱은 자기보다 다른 꽃가루를 좋아한다.
그래서 변이종이 너무나도 많다.

그것은 우리가 알 수 없는 식물의 생존전략이다.
하지만 가리지 않고 교잡종을 만드는 못된 버릇은
아무리 식물이라 해도 고약한 습관이 아닐 수 없다.
그렇게 번식하다가는 결국 본성마저 잃고 말 것이다.

번식력이 강하다 해도 자신의 본성을 잃어서는 안 된다.
본성이란 자신은 물론 종족을 유지해 나가는 정체성이다.
자신의 정체성을 잃어버린다면 그 종족은 유지될 수 없다.
그러니 꽃이 아름답다고 해도 비난은 마땅히 받아야 한다.

"달을 가리키면 달을 봐야지,
손가락 끝은 왜 보느냐?"는
스님의 말씀이 생각난다.

서쪽으로 가는 달을 따라가야지,
손가락 끝만 쳐다보고 있으면
언제 서방정토에 이를 수 있을까?

길 위에서 길을 잃고
정신없이 헤매는 삶이
바로 우리네 삶이 아닌가 싶다.

맨드라미

꽃 모양이 닭의 벼슬을 닮아서 계관화(鷄冠花)라 한다지?
벼슬까지 있으니 계공화(鷄公花)라고 높여서도 부른다며?
그래도 꽃 중에 벼슬이 있는 건 너 말고 누가 또 있으리.

쓴것이 몸에 좋다고 한다.
머위, 고들빼기, 민들레, 씀바귀 등.
그런데 나는 쓴맛이 싫다.

요즘 커피 종류가 참 다양하다.
커피 전문점들도 우후죽순으로 생겨났다.
하지만 나는 달달한 봉지커피가 제일 좋다.

인생이 단맛 쓴맛 다 보는 것이라면
나는 여전히 단맛을 맛보고 싶다.
이제 더 이상 쓴맛을 맛보고 싶지는 않다.

메꽃

머리가 희어지기 시작하더니 이젠 완전 백발이 되었다.
염색할 때는 몰랐는데 하지 않으니 그야말로 가관이다.
만나는 사람마다 염색을 하라는 둥, 말라는 둥 말이 많다.
남의 머리를 두고 이러니저러니 말이 참 많기도 하다.

애초에는 그냥 길러서 고무줄로 대충 묶고 살려 했는데
해외여행을 하려면 검색대에서 불편할까봐 염색을 했다.
짧게 깎고 염색을 하니 아내가 훨씬 낫다고 말을 건넨다.
만나는 사람들도 많이 젊어졌다고 또 다시 말들이 많다.

그런 말은 내게 대한 관심의 표현이라서 고맙기는 하다.
하지만 나의 삶을 간섭한다는 점에서는 유쾌하지 않다.
내가 왜 머리 때문에 고민이 많은지를 남들은 모른다.
사실은 속알머리가 없기 때문인데 누가 그 사실을 알까?

인연이란 무엇일까?
수없이 마주치는 무수한 사람들 중에서
어떤 우연으로 만나고, 정을 붙이고, 사랑하고,
한평생을 같이 살기도 한다.

고부간에도 그렇게 만나 평생을 살게 되는데
어째서 시어머니와 며느리 사이는 나빴던 것일까?
꽃잎에 선명히 새겨진 밥풀 두 알.
그렇게 배고픈 며느리의 한이 상처로 남아야만 하는가?

멸가치

　세상에서 제일 치졸한 것이 '피장파장의 오류'가 아닌가 싶다.
남들이 자신을 나무라면 해명을 하든지 반성을 하면 되는 것을,
왜 갑자기 상대방의 약점을 끄집어내어 역공격을 하는 것인가?
그렇게 상대방을 향해 공격을 하면 자신의 잘못이 사라지는가?

　결국 본질은 사라지고 물고 물리는 추악한 말장난이 되고 만다.
'방귀 뀐 놈이 성낸다'는 속담도 있지만 아는 사람은 다 아는데
썩어가는 자신의 다리를 먼저 잘라 근본을 고치려고 하지 않고
왜 자꾸 손바닥으로 하늘을 가리려 하는지 참 안타깝기만 하다.

굽은 허리로 물을 떠 오던 할머니가 자꾸만 눈에 밟혀서
아무래도 물을 한번 떠다 드려야겠다고 마음먹었다.
집안을 살펴보니 1.8L 플라스틱 빈 병이 많이 있다.
빈 병 10개에 약수터의 물을 받아 할머니댁을 찾았다.

할머니는 마침 물이 떨어져서 걱정이었다고 한다.
그러면서 여간 반가워하는 것이 아니었다.
고맙다는 인사를 되뇌이면서 돌아서는 나를 불러 세운다.
할머니의 손에는 참외 두 개가 쥐어져 있었다.

거절을 해도 텃밭에 심은 것이니 가져가라고 재촉하신다.
얼핏 생각하니 자식들에게 주려던 것이 아닌가 생각이 든다.
그 귀한 것을 억지로 받아 나오면서도 마음이 편치 않다.
다음에는 언제쯤 다시 물을 떠다 드려야 하나?

목향

이른 아침 창밖에 짙게 깔린 안개를 보다가
문득 김승옥의 '무진기행'을 떠올린다.
꽉 막힌 현실, 그리고 짙은 안개와 무기력함.
그 답답한 일상을 탈출하려는 사람들의 이야기.

하지만 윤희중이나 하인숙의 간절한 노력에도 불구하고
견고한 현실 속에서 그들을 구원할 장치는 아무것도 없다.
그만큼 무진(霧津)의 안개는 강력한 차단막으로
그곳을 벗어나려는 사람들의 희망을 가로막고 있는 것.

칼 마르크스가 말했듯이
'인간은 생존의 돌덩이에 족쇄 채워진 존재'인 것인가?
(Men are eternally chained to the marble block of existence.)
작품의 무대가 되었던 순천에 가보고 싶다.

우리집의 들냥이 중에 가장 오래된 놈은 이름이 아롱이다.
누런 털을 가지고 있는 수컷인데 한때는 동네의 짱이었다.
하지만 이제는 늙어서 서열이 한참이나 밀리는 모양이다.
틈만 나면 얼굴을 물리고 뜯긴 상태로 들어오기 일쑤이다.

어제는 막내아들이 와서 시래기를 넣고 돼지 등뼈를 삶았다.
앞마당에서 화덕에 불을 때는데 아롱이가 근처로 다가온다.
아마 등뼈를 삶는 구수한 냄새의 유혹에 빠진 때문인 듯하다.
아롱이는 무려 한 시간 이상이나 화덕 옆을 끈질기게 지켰다.

등뼈가 다 삶아지자 아내는 서둘러 등뼈의 살점을 바른다.
오랫동안 기다리던 아롱이에게 먼저 주어야 한다는 것이다.
동물은 사람보다 참을성이 부족하니 그도 그럴 법한 일이다.
아롱이가 더 이상 동료들에게 당하는 일이 없었으면 좋겠다.

물달개비

우리집에 오는 들냥이 애옹이가 새끼를 낳았다.
현관 앞에 놓아둔 종이박스 안에서 순산을 했다.
아내는 애옹이를 위해 쇠고기 미역국을 끓였다.
나는 그 근처에 자주 가지 말라고 당부를 했다.

지난번에도 자주 들여다보다가 사단이 생겼다.
애옹이가 새끼를 물고 지붕으로 올라간 것이다.
이번에도 그런 실수를 다시 되풀이할 수는 없다.
새끼들이 다 클 때까지 편안히 지냈으면 좋겠다.

나는 저녁상 위에 올라온 미역국을 맛있게 먹었다.
고양이가 새끼를 낳았다고 미역국을 끓이는 집이 있을까?
남들은 별꼴을 다 본다고 할런지도 모른다.
하지만, 사람이나 짐승이나 생명의 탄생은 기쁜 일이다.

물레나물의 꽃은 바람개비를 닮았다.
얼마나 돌고 싶었으면 꽃 모양이 그럴까?
문득 조영남의 '물레방아 인생'이 생각난다.

"세상만사 둥글둥글 / 호박 같은 세상 돌고 돌아
정처 없이 이곳에서 저곳으로 / 기웃기웃 구경이나 하면서
밤이면 이슬에 젖는 / 나는야 떠돌이
돌고 도는 / 물레방아 인생."

'물레방아 인생'은 'Proud Mary'를 번안한 노래로
이는 CCR(Creedence Clearwater Revival) 그룹이 부른 노래다.
또한 'Proud Mary'는 미시시피강을 오가는 배의 이름이다.

물망초

내가 제일 싫어하는 것은 양비론(兩非論)이다.
옳으냐 그르냐를 판단하여 선택하지 않고,
양쪽 모두가 다 잘못이라고 매도해 버리는
그 무책임하고 방관적인 태도가 나는 싫다.

언제부터 그런 못된 버릇이 생겨났을까?
어쩌면 그것은 우리 언론의 척박한 현실,
그 천박한 풍토에서 비롯된 것 같아서 씁쓸하다.
'세상에 믿을 놈 하나 없다'는 시니컬한 표현이 맞다.

이 세상에 털어서 먼지가 안 나는 사람이 있을까?
남을 탓하기보다는 자신의 잘못을 먼저 인정해야 한다.
또한 잘한 것은 잘한 것이고 잘못한 것은 잘못한 것이다.
잘잘못을 따지지 않는 행위야말로 진정 잘못된 반칙이다.

한나라 원제는 화첩에서 후궁을 골라 밤마다 불러들였는데
그 때문에 모든 궁녀들이 화공 모연수에게 뇌물을 바치고
자신의 얼굴을 예쁘게 그려달라고 간청을 하기에 이른다.
그러나 미모에 자신 있던 왕소군은 뇌물을 주지 않았다.

이에 모연수는 왕소군을 괘씸히 여겨 가장 못생기게 그렸다.
어느날 도발을 일삼던 흉노족이 공주와 결혼하기를 원하였고
원제는 못난 후궁인 왕소군을 공주로 속여서 시집을 보낸다.
그때 막상 왕소군을 본 원제는 깜짝 놀라고 말았다고 한다.

혼인을 마치고 왕소군은 35세에 세상을 떠났고
왕소군의 애타는 심정을 읊은 동방규의 시만 지금도 전한다.
胡地無花草(호지무화초)하니
春來不似春(춘래불사춘)이라.

물봉선

오랜만에 뜻하지 않은 자리에서 제자들을 만났다.
졸업한 지 30여 년, 이제는 50대로 접어든 나이이다.
당연히 화제는 그때 그 시절의 이야기로 돌아갔으며,
추억의 흔적을 더듬는 자리마다 웃음꽃이 피어났다.

오랜만에 사람들을 만나면 우선 최근의 근황을 물어보고
이어서 서로 함께 했던 과거의 이야기로 돌아가게 된다.
아니, 화제만 과거로 돌아가는 것만은 아닌 듯하다.
신분과 역할, 그 모든 것들도 그 시절로 돌아가 버린다.

사람끼리 한 번 맺은 인연은 참 질긴 것인가 보다.
세월이 지나도 삶의 어느 모퉁이에서 누군가를 만나게 되고,
그와 나의 이야기는 다시 공통의 화제인 과거로 돌아가서
그때 그 시절의 상황을 다시 재현하게 되니 말이다.

대형마트에 갔더니 커다란 수박을 가득 쌓아놓고 판다.
전시용으로 잘라놓은 수박은 속살이 붉고 크기도 엄청나다.
그런데 그 옆에 조금 더 비싼 수박이 있다.
바로 씨가 없는 수박이다.

씨가 없으면 어떻게 번식을 하나?
애초부터 그 발상에 문제가 있는 것 같다.
또한 생산 과정에서 꽃대에 농약을 바른다니 어처구니가 없다.
선진국에서는 이미 유전자 조작 농산물의 유통을 금하고 있다.

어찌 이것이 식물만의 문제일까?
식물에 문제가 생기면 생태계가 흔들리고,
생태계의 이상은 인간의 먹거리까지 위협하게 된다.
급기야 씨 없는 인간까지 만들어 냈으니 이 노릇을 어찌할꼬!

물옥잠

택배를 받지 않았는데 배달을 완료했다는 연락이 왔다.
지난 토요일의 일이다.
월요일에 확인을 하니 잘못 배달되었다고 한다.

배달한 직원을 찾아 연락하니 착각이 있었다고 한다.
그러면서 다시 찾아 가져오겠다는 것이다.
또한 물건이 상했다면 변상도 하겠다고 한다.

나는 그 말이 너무 고마워서 괜찮다고 했다.
그리고 오늘 택배를 받아보니 아무 이상이 없다.
그는 나이도 젊기에 열심히 일하라고 격려도 했다.

사람이란 누구나 실수를 하게 마련이다.
그 실수는 미래의 발전을 위한 밑거름이 된다.
그 배달원은 앞으로 그런 실수를 거듭하지 않을 것이다.

우리집 들냥이가 쥐를 한 마리 잡았다.
마당 수돗가 툇마루 밑에 큰 쥐가 한 마리 죽어 있다.
들냥이는 그 옆에서 의기양양하게 쳐다보고 있다.
그래 네가 아주 큰 일을 했구나!

가끔씩 마당가에는 죽은 새가 놓여 있는 경우도 있다.
그뿐만 아니라 전에는 뱀도 한 마리 잡은 적이 있었다.
뱀을 노려보다가 느닷없이 발톱으로 후려치는 것이다.
결국 뱀은 상처를 입고 마당가에 널부러지고 말았다.

들냥이는 이렇게 잡은 쥐나 뱀을 먹지는 않는다.
그냥 사람 눈에 잘 띄는 곳에 놓아두는 것이다.
혹자는 이것을 보은(報恩)하는 행위라고 말한다.
실제로 그런지는 모르겠으나 참 고마운 일이다.

미나리냉이

퇴직한 뒤로는 버스를 타는 기회가 많다.
버스 안의 승객들은 무척 조용하기만 하다.
내가 버스에서 깊은 생각에 잠기고 있는 순간
다른 사람들도 그런 생각에 잠기는 모양이다.

내가 좋은 생각으로 하루를 열심히 살려고 생각할 때
다른 사람들도 좋은 생각으로 살려고 노력할 것이다.
오늘 하루를 열심히, 신나게, 그리고 멋지게 살아보자.
그래야 모두들 열심히, 멋지게, 오늘을 살 것이 아닌가?

오늘도 버스를 타고 시내로 나간다.
여전히 버스 안은 조용하기만 하다.
버스 안에서는 나도 생각이 많아지지만
다른 사람들도 생각이 많아지는 모양이다.

이종사촌 매형이 몇 년 전 세상을 떠났다.
암이라는 병에 걸린 지 어언 십여 년.
담배를 끊은 지 3일 만에 변고를 당한 것이다.

슬하에 아들과 딸 남매를 두었는데
모두 결혼을 시켰으나 쉽게 자손을 보지 못하다가
아들이 어렵게 아이를 낳고, 딸의 임신 소식도 들려왔는데,

갑자기 매형이 담배를 끊겠다고 했다는 것이다.
폐암수술을 하고 몸이 꼬챙이처럼 말라가면서도
그렇게 못 끊던 담배를 끊겠다니 그게 말이 되는가?

아마도 매형은 손주를 만나려고 담배를 끊은 것 같다.
그러기에 그 어려운 결심을 하지 않았을까?
매형은 세상을 떠나고 손주들은 무럭무럭 자라고 있다.

미역취

담을 타고 기어오르던 담쟁이를 제거하였다.
올해는 단풍도 좋지 않고 우중충했기 때문이다.
그런데 지나던 사람이 "예쁜데 왜 걷느냐?"고 묻는다.
나는 할 말을 잃고 그 사람을 물끄러미 바라다보았다.

사람들은 우리집 담벽의 담쟁이가 예쁘다고 한다.
하지만 그들이 잘 알지 못하는 것이 있다.
담쟁이가 벽을 타고 들어가 기왓장을 깨뜨린다.
그래서 그것을 관리하기가 힘든 것이다.

하지만 사람들이 그렇게 말하니 모두 걷을 수는 없다.
그래서 한쪽 벽면은 그대로 남겨 놓았다.
집이 길가에 있어 이렇게 신경을 쓰지 않을 수 없다.
세상 살아가는 일을 어찌 내 맘대로만 할 수 있을까.

대쪽같이 곧았던 단재 신채호 선생님은
일제 강점기 우리말 연구에 헌신하신 분이다.
선생님의 강의는 언제나 유명했는데……

하루는 선생님의 강의를 감시하기 위해
그 자리에 참석한 일제 앞잡이들을 보시고
선생님이 크게 일갈하셨다고 한다.

"아니, 이 자리에 개(犬) 나리(나으리)가
왜 이리 많이 피었는가?
요즈음 선생님의 말씀을 다시 듣고 싶다.

민들레

봄 한 철.
길 가 어디서든지
가리지 않고 피어

가슴에 가득 품은
노란 꽃물이
모두 마를 때까지

토해내다
토해내다
말라 죽는 꽃.

아침에 눈을 뜨고 일어나는 것도
정말 큰 행복인 것을
예전에는 미처 몰랐다.

아침밥을 먹을 수 있다는 것도
오늘 해야 할 일이 있다는 것도
사랑하는 가족과 이웃이 곁에 있다는 것도.

내게는 정말 큰 기쁨이요,
크나큰 행복이라는 것을
예전에는 미처 몰랐다.

민솜대

어제는 숯 공장에 연락하여 숯을 주문하였다.
올봄부터 고기를 구워대려면 참숯이 꼭 필요하다.
올봄에 우리집에 초청할 팀은 현재까지 네 팀이다.
그래서 참숯 20kg을 한꺼번에 주문한 것이다.

우리집에는 해마다 찾아오는 사람들이 많다.
마당가에 꽃이 피기 시작하면 더욱 늘어난다.
친척들은 물론이고 나와 아내의 친구들이다.
그래서 시골에 살지만 적적하지 않아서 좋다.

이곳에 자리를 잡은 지도 벌써 7년이 지났다.
하지만 동네 사람들과는 아직도 서먹서먹하다.
그래서 더욱 친구들을 불러들이는 것인가?
친구와 간장은 오래 묵을수록 좋다는 말이 맞다.

민심은 천심이라 했거늘 그대는 왜 그걸 부정하려 하는가?
결국은 그렇게 망신을 당하고 권좌에서 물러나게 될 것을.

처음 유세할 때는 간이라도 빼줄 듯이 갖은 공약 내세우고
당선만 되면 무시하는 그 속셈을 내가 알기는 알았다마는,

급기야 간사한 모리배들과 내통하여 국정을 어지럽히다니
그 무슨 해괴하고 어리석고 발칙한 경거망동이란 말인가?

아, 열 길 물속은 알아도 한 길 사람 속은 모른다 하더니
이야말로 딱 그 말에 맞는 말이 되었으니 이를 어이할꼬?

바늘꽃

무작정 차를 몰고 여행을 떠났습니다.
아래로 아래로 한참을 내려가다 보니
문득 지리산이 가깝다는 생각이 났죠.

산청에서 하동 쪽으로 넘어가는 산길을
골짜기마다 들어갔다 나오기를 여러 번.
내원사 계곡 중간쯤에서 만난 예쁜 꽃.

급할 것 없이 흐르는 세월을 즐기는 것도
인생을 잘 살아가는 하나의 방법일 터인데
너무 아등바등 살아왔던 옛날이 야속합니다.

높은 산의 바위 꼭대기에서부터
냄새 진동하는 하천에 이르기까지
꽃은 피어서 환경을 아름답게 바꾼다.

우리도 꽃이 되어야 한다.
힘겹고 고통스러운 사람들의 곁에서
세상을 아름답게 바꾸는 꽃이 되어야 한다.

바람꽃

오늘도 나는 많은 사람들을 만나서
그들에게 나의 생각을 이야기하고
또한 그들의 이야기를 들을 것이다.

그런데 그 수많은 말들을 통하여
조금이라도 행복과 기쁨을 전해줄 수 있을까?
아니면 고통과 슬픔을 나눠주지는 않을까?

갈등과 오해도 말에서 생기고
화합과 단결도 말에서 생기니
말은 신중하게 하면 좋을 것이다.

우리는 시간이 유수(流水)와 같이 흐른다고 하지만
서양에서는 쏜살같이(like an arrow) 흐른다고 한다.
한국에서 돼지고기 한 근을 사면 저울추가 넘치지만
서양에서 돼지고기 한 근을 사면 무게만큼 계산한다.

시장에 가서 콩나물을 사 보라.
그냥 플라스틱 바가지에 대충 담아 팔고
아쉬운 듯 쳐다보면 한 줌을 더 넣어준다.
그것이 한국에만 있는 '덤'이라는 문화다.

단위를 세는 방법도 딱 떨어지지 않는다.
두세 개, 서너 개 등 정확하지가 않다.
하지만 나는 이런 한국 문화가 좋다.
그것은 곧 상대방을 배려하는 넉넉함이기 때문이다.

바위채송화

넓은 땅을 두고도 하필 바위틈에서 살아가는 걸까?
아니 어쩌면 세속을 피해 이런 곳에 사는지도 몰라.
호젓한 산 속 높은 바위 위에 바위채송화가 피었다.

모든 식물들이 땅에 뿌리를 내리고 살아가는데도
홀로 깊은 산 바위틈을 택한 것은 무슨 까닭인가?
그것은 아마 신(神)마저 부정하는 절대고독*일 것이다.

오늘도 바위채송화는 한 방울의 이슬에 목을 축이고
높고 푸른 하늘을 바라보면서 명상에 잠기고 있다.
산 아래에서는 하얀 산안개가 스멀스멀 피어오른다.

*1970년 성문각에서 발간된 김현승의 시집

아침결 창문 틈으로 따스한 햇살이 들어온다.
책상 앞에 앉으면 햇살이 다가와 컴퓨터를 비추고
나는 버릇처럼 커튼을 닫고 커피를 타기 시작한다.

오늘 마시는 커피는 콜롬비아산 커피.
지인이 떠나가면서 남기고 간 선물(?)이다.
아니 그가 내게 왔던 것이 큰 선물이다.

인생은 그렇게 마음을 선물처럼 주고 받는다.
하지만 그 선물의 유효기간은 짧다.
커피의 맛이 그와의 이별처럼 쓰기만 하다.

박주가리

벌써 고추잠자리가 날아다닌다.
장마도 끝나지도 않았는데 가을이 오려나 보다.
코스모스가 핀 지도 오래되었다.

자연은 항상 서둘러 계절을 준비한다.
그런데 올해는 잠자리를 보기가 쉽지 않다.
나비와 벌도 예년보다는 훨씬 개체 수가 줄었다.

아직은 철 늦은 매미 소리만 요란할 뿐이다.
모든 것이 예년과 다르지만, 계절은 또 바뀌려는가 보다.
봄부터 울던 소쩍새 울음소리도 벌써 사라져 버렸다.

음식을 먹고 나와 계산을 하려면
계산대 옆에 놓여 있는 박하사탕.
입 안의 텁텁한 기운을 없애주고
개운한 느낌을 전해주는 청량제.

이런 박하사탕을 닮은 사람도 있다.
계산대 옆에 간 것도 전혀 몰랐는데
어느새 몰래 나와 계산을 끝낸 사람.
그에게서도 박하사탕의 냄새가 난다.

반하

야생초가 곧 먹거리요 약초요 꽃이다.
배고픈 시절엔 나물로 무쳐 먹고
몸이 아프면 약재로 사용하고
울적할 때는 꽃으로 위로를 받는 것이다.
어찌 사랑스럽다 아니 할 수 있으랴.

하지만 아무리 좋은 야생초라 하더라도
잘못 먹으면 독이 되기도 한다.
인간 세상도 이와 똑같을 것이다.
사람을 잘 만나면 성공을 얻고
잘못 만나면 패가망신을 하게 된다.

친구를 불러 함께 뒷담에 있는 탱자나무를 제거했다.
세월이 오래되어 나무의 굵기가 장난이 아니다.
예초기로 잔가지를 치고 전기톱으로 줄기를 잘랐다.
가시와 톱밥이 사방으로 튄다.

친구는 나무를 자르고 나는 가지를 옮겼다.
그런데 가지를 옮기는 것도 쉬운 일이 아니다.
가지마다 촘촘히 가시가 나 있어서 잡기가 어렵다.
더구나 가지가 서로 꼬여 있어서 빼내기도 쉽지 않다.

우여곡절 끝에 일을 마치기는 했는데
뒤뜰에는 나뭇가지가 산처럼 쌓여 있다.
저것을 또 언제 일일이 잘라서 태워야 하나?
일을 마치고도 일 걱정이 태산이다.

배초향

진실은 아무리 감추어도 언젠가는 드러나기 마련이다.
손바닥으로 하늘을 가린다고 진실을 덮을 수 있을까?
거짓은 거짓을 낳고 그 죄는 마침내 하늘을 덮을 것.

군주민수(君舟民水)라 하였다!
임금은 배요 백성은 물이니, 물이 있어야 배를 띄운다.
또한 물이 화가 나면 마침내 배를 뒤집어 버린다.

길 위에서 길을 잃고 헤매는 자여!
그대로 곧장 걸어가면 고향집은 찾을 수 있으련만,
어찌하여 어두워지는 길 위에서 딴 길로만 가시는가?

전주지방 막걸리가 유명하다기
지인들을 불러모아 여행갔더니
데이트를 즐기려는 젊은이들만
길거리에 가득가득 모여있더라

막걸리를 서너사발 퍼마시고서
취한눈을 비벼대며 살펴보아도
청색불빛 가로등만 슬퍼보이고
가슴속엔 찬바람만 지나가더라

얼씨구나 이게뭐냐 주책바가지
어느누가 나를오라 반기었을까
이제부턴 그런생각 하덜덜말고
집안에서 꿈쩍말고 지내시게나

백련초

아름다운 꽃에는 가시가 있다.
장미가 그렇고 명자가 그렇고 백련초가 그렇다.
가시는 자신을 보호하기 위한 어쩔 수 없는 수단이다.
그래서 자신을 지키는 그 처절한 노력에 박수를 보낸다.

이 세상에 지조 없이 사는 사람들이 어디 한둘이던가?
언제는 가장 꼿꼿하고 정의감에 불타는 것처럼 큰소리치고
상황이 불리하면 명예도 의리도 팽개치고 변명만 한다.
이것이 진정 우리가 믿어왔던 지도자들이었더란 말인가?

차라리 남을 지키려 하지 말고 자신부터 지키시라.
궁색한 변명은 그만 거두시고 먼저 솔직해 보시라!
그대는 가시의 울음소리가 들리지 아니하는가?
분명 당신의 가슴에도 가시 하나쯤은 갖고 있으려니.

향기가 백 리를 간다고 하여 붙여진 이름.
향기가 멀리 가기도 하지만
그 냄새가 또한 향기로워서 붙여진 이름.

그대의 향기는 무엇인가?
그대는 진정한 인간의 향기를 풍기고 있는가?
기껏해야 향기가 몇 미터도 못 가는 향수를 쓰는 그대여!

백선

자꾸만 까닭없이 이른 새벽에 눈이 떠진다.
특별히 할 일이 있거나 바라는 것도 없는데
점점 일찍 눈이 떠지는 이유를 알 수가 없다.

어린 시절 첫새벽에 일어나 학교를 가던 습관 때문일까?
아니면, '서울 쥐와 시골 쥐'라는 동화를 읽은 때문일까?
혹은 새벽녘에 들리던 할아버지의 기침소리가 그리워서일까?

그리운 것들은 이제 모두 사라져 버리고
캄캄한 어둠 속에 떠오르는 추억에 젖어
홀로 깨어 반추하는 내 모습이 처량도 하구나.

花無十日紅(화무십일홍) 꽃의 아름다움은 열흘을 넘지 못하고
人不百日好(인불백일호) 인간의 좋은 일도 백일을 넘지 못하며
勢不十年長(세불십년장) 막강한 권력도 10년을 넘기지 못한다.
이는 중국의 시인이며 청백리였던 양만리(楊萬里)의 작품이다.

그럼에도 어리석은 인간들은
백일홍, 천일홍이라는 이름을 짓고
천리향, 만리향이라는 향기를 꿈꾸면서
권세 일백년(權勢一百年)을 탐하고 있구나!

백합

요즘 들어 사회 양극화 문제가 커다란 화두로 등장했다.
보수와 진보, 자본가와 노동자, 노년층과 젊은층 등이다.
그것은 정치, 사회적인 문제를 떠나 가정문제로까지 번지고
계층과 계층 사이를 파고들어 간극을 더욱 넓혀가고 있다.

문제는 그 불쏘시개 역할을 정치인들이 하고 있다는 점이다.
백성들의 민생을 보살피고 안보를 챙겨달라고 뽑아주었는데
하라는 민생과 안보는 젖혀두고 패당을 지어 싸우고만 있다.
그러면서 권력이라는 파이에만 욕심을 내고 있지는 않은가?

우리가 그들에게 그토록 막강한 권력을 내어준 것은
계층 간의 갈등을 조정하고 해소해 달라는 것이었지,
국민을 이간질하여 싸움을 시키라는 것은 아니었다.
백성들은 정치보다는 배 부르고 등 따수면 그만이다.

만약 꽃에 꿀이 없다면
벌과 나비가 날아들지 않을 것이다.

세상에 공짜가 어디 있으랴.
주고 받는 것이 인지상정이다.

그럼에도 인간이 인간다운 것은
그 감사함을 기억한다는 것이다.

벌개미취

친구 아들이 행정고시에 합격했다고 한다.
그것도 우수한 성적으로 차석을 했다는 것이다.
그런데 그 소식을 들으면서
갑자기 우리 아이의 얼굴이 떠오른다.

행정고시 합격이 어디 그리 쉬운 일이더냐?
더구나 차석까지 했다니 마땅히 치하해야 할 일이다.
재작년이던가, 슬그머니 아들 걱정을 하더니
드디어 그 아들이 어려운 일을 해냈구나!

누구 아들은 행정고시에 합격을 하고
또 누구 딸은 대기업에 취직을 했다는데
중소기업에 다니는 아들의 얼굴이 왜 겹쳐 지나갈까?
또 다른 친구 아들은 몇 년째 취업도 못하고 있다는데……

그대는 눈물의 의미를 아는가?
그것은 절망을 넘어 때론 희망이 된다.
다만 중요한 것은 그것이 진실이어야 한다는 것.

나는 악어의 눈물을 믿지 않는다.
그것은 거짓이며 진실이 아니기에 감동도 없다.
눈물은 투명할 때 보석이 된다.

눈물을 흘리는 그대여!
나는 너의 눈물을 닦아주고 싶지 않다.
다만 그 속에 반짝이는 진실을 알려주고 싶을 뿐.

벌깨풀

백수의 삶은 온통 아내의 눈치를 보는 일밖에 없다.
일찍 깨면 아내가 언제 일어나 밥을 하나 눈치를 보고,
TV를 보자니 시간만 보낸다고 핀잔을 할 것 같고,
차를 몰고 나오지만 마땅히 갈 곳이 있는 것도 아니다.

기껏해야 시내 마트에 들러 값싼 물건 하나 골라오지만
아내는 유통기한이 지났다, 쓸데없는 것을 샀다고 투정이다.
그런 말을 들으면, 정말 내가 한심한 사람처럼 여겨진다.
아, 나의 삶은 이렇듯 구겨진 휴지조각처럼 초라한 것이던가?

한평생 가족 위해 일했고 이제는 힘에 겨워 퇴직했는데,
힘 빠지고 돈 못 번다고 찬밥 신세가 웬 말이란 말이냐.
하지만 백수들이여! 다시 기운 차리고 힘차게 일어서게나.
그대는 영원한 집안의 가장, 아직 쓰러질 때는 아니잖나?

식물처럼 우리에게 고마운 존재가 어디에 있을까?
식물은 우리에게 광합성으로 산소를 만들어 준다.
나물로 먹거리를 제공해 주며 약재로도 사용된다.
가을이면 과일을 만들어 주고 식용유도 제공한다.

지구상에는 약 35만 종의 식물이 있다고 한다.
그리고 모두가 다른, 각각의 이름이 붙어 있다.
그중에서 가장 발달한 종자식물이 꽃을 피운다.
종자식물은 가장 많아서 20만 종 정도라고 한다.

이렇게 생각하면 식물은 확실히 연구할 가치가 있다.
먹거리로도 충분하며 다양한 방면에서 활용도가 높다.
나는 그저 꽃이 좋아서 식물에 관심을 보일 뿐이지만
미래의 젊은이들이 더 많은 관심을 가졌으면 좋겠다.

범꼬리

지금은 풀벌레 소리도 들리지 않는다.
새들도 날아와 울지 않는다.
텅 빈 공간으로 바람만 지나간다.

감나무 잎이 떨어지고
목련나무 잎도 뚝뚝 떨어지고
단풍잎마저 노랗게 이별을 준비하고 있다.

이제 내게 찾아올 것은 아무것도 없다.
오직 차가운 바람과 외로움만 있을 뿐이다.
다시 봄이 오기까지는.

버스를 타고 다닌 지도 오래되었다.
그래서 같은 시간과 장소에서 만나는 사람들이 있다.
그런데 서로 소 닭 보듯 지나치는 경우가 많다.
어떤 때는 무척 거북하기도 하다.

아파트를 옮긴 지도 벌써 2년이 지났다.
그래서 안면 있는 사람들을 엘리베이터에서 만난다.
그런데도 서로 외면하고 층수만 세기에 바쁘다.
서로 거북하게 눈길을 피하면서 말이다.

어째서 이렇게 되었을까?
이웃사촌이라는데 어색하기 짝이 없다.
서로 잘못한 일도 없는데도 말이다.
내 탓이오, 내 탓이오, 내 큰 탓이로소이다.

범의귀

이따금 생각지도 않았던 친구들에게서 전화가 온다.
한때는 열심히 만나다 이제는 소식이 뜸해진 친구들.
특별한 소식보다는 그저 안부나 묻는 것이 고작이다.

많지는 않지만 가끔씩 친구들이 저세상으로 떠나가고,
그들의 빈 자리가 무뎌질 때쯤 나도 가기는 가야 할 터.
어디 세상일이라는 게 마음먹은 대로 되는 법이라더냐.

오늘은 모처럼 시간을 내어 친구들을 찾아보아야겠다.
이제는 대부분 퇴직을 하여 놀고 있는 친했던 친구들.
그들을 만나 술이라도 한잔 나누고 오는 것이 좋겠다.

오동나무는 가볍고 단단하여 가구를 만드는데 좋은 재료가 된다.
옛 어른들은 딸을 낳으면 오동나무를 심었다는데, 그것은 아마도
딸이 시집을 갈 때쯤 그 나무를 베어서 가구를 만들었던가 보다.

교직에 있을 때는 오동나무를 다듬어 지시봉으로 쓴 적이 있다.
그러다가 담양 죽물박물관에서 죽비를 하나 맞추어 사용을 했다.
그 죽비는 지금 학교 강당의 타임캡슐 속에 고이 보관되어 있다.

학교의 타임캡슐은 개교 100주년이 되는 2061년도에 개봉이 된다.
타임 캡슐이 개봉될 때면 나는 이미 이 세상 사람이 아닐 것이다.
하지만 내 제자들은 그 죽비에 새겨진 내 이름을 기억할 것인가?

벼룩이자리

가을비가 내리고 오늘은 모처럼 해가 솟았다.
이제 본격적인 가을로 접어드는가 보다.
무더웠던 기온도 많이 떨어졌다.

올해는 가을이 오기가 너무 힘겨웠다.
그러거나 말거나 꽃은 핀다.
때가 되면 어김없이 꽃을 피운다.

그것은 결코 지울 수 없는 자연과의 약속이다.
모진 무더위에도 꽃은 결코 그 약속을 어기지 않는다.
나도 꽃처럼 살고 싶다.

해마다 이른 봄이면 변산을 찾는다.
변산반도 산골의 양지바른 어느 골짜기
그곳에는 예쁜 변산바람꽃이 핀다.

어느 해, 철 지난 봄눈이 내렸고
골짜기엔 잔설(殘雪)이 어지러웠다.
그 속에서 피어난 꽃송이가 더욱 애잔하다.

병아리난초

엊저녁에도 꿈을 꾸었다.
요즘은 꿈을 자주 꾼다.
내 기억의 저편에 있던 추억들이
제멋대로 소환된다.

꿈은 그 사실의 여부를 떠나
나를 웃게 하기도 울게 하기도 한다.
어쩌면 그리도 생생한 꿈이더냐!
잠을 자지 않았다면 현실과 똑같다.

그대로 아무 생각 없이 푹 자면 좋으련만
무엇이 아쉬워서 꿈속에 나타나는 걸까?
이제는 잊어도 좋을 추억들을
다시금 불러내는 그 연유를 모르겠다.

무엇이 그리 조급하여 서둘러 꽃을 피우는 것일까?
어두컴컴한 땅속이 너무 갑갑해서 그런지도 몰라.
하지만 땅 위의 세상도 만만하지는 않은 법이란다.

아직은 눈 내리고 바람이 찬데
벌써 그 연약한 꽃대를 내미니
너는 어찌 이 차가운 세상을 견디려는고?

양지바른 골짜기 해마다 그 자리에서
피었다 지고 피었다 지고,
올해도 너는 또 그렇게 피어났구나!

복주머니란

세월이 한참이나 지나서야
지난날의 고통이
행복이었음을 알게 되었어요.

그때는 그렇게 힘들었는데
이제 와 생각하니
그처럼 아름다운 추억이 없네요.

여행은 사람들과 만남이며 또한 헤어짐이다.
숱한 사람들과 옷깃을 스치고 또 스치면서도
인연이 닿을 수도 있고 닿지 않을 수도 있다.

어떤 때는 우연히 인연이 닿는 사람도 있고
인연을 맺으려 해도 맺지 못하는 경우도 많다.
그러니 너무 인연에 연연할 필요는 없을 것이다.

혹여 누군가를 만나서 인연이 맺어진다 하더라도
언젠가는 모든 인연을 끊고 혼자 떠나가는 법이니
차라리 미련 없이 훌쩍 떠나는 편이 더 낫지 않을까?

봉선화

봉선화(鳳仙花)는 봉황과 신선을 닮은 꽃이라는 뜻이다.
원래는 봉숭아인데 홍난파 선생이 '봉선화' 노래를 만든 뒤
봉숭아보다 봉선화라는 이름이 많이 쓰이게 된 꽃이다.

봉숭아로 물들인 손톱은 고운 빨간색 빛이 예쁘다.
그 빨간 손톱이 눈이 내릴 때까지 남아 있으면
첫사랑이 이루어진다는 속설도 있다.

어린 시절, 방학 때 시골로 놀러 온 이종사촌 누님은
나의 손톱에도 빨간 봉숭아물을 들여주시곤 하였다.
이제 팔순이 가까운 누님도 그때 그 일을 기억하고 계실까?

핫도그가 아닙니다.

부들부들……

나도 꽃이라구요!

부레옥잠

말도 안 되는 꿈을 꾸었다.
그렇다고 현실은 말이 되는가?

꿈이 현실인가 현실이 꿈인가?
내가 나비인가 나비가 나인가?

꿈 같은 현실이라면,
현실 같은 꿈이라면 좋겠다.

오늘이 말복이다.
동네 복지관에서 닭죽 무료급식을 한다는데
마을회관에서도 닭죽을 쑨다고 오라고 한다.
역시 보편적인 여름철 보양식은 닭이다.

엊그제 동호회 모임에서도 녹두삼계탕을 먹었는데
또 닭이라니 입맛이 당기지는 않는다.
더구나 요즘 콜레스테롤 관리를 하는 중이라
지방이 많은 육식을 피하고 있지 않더냐.

오늘은 조용히 집에서 쉬면서
뒤꼍에서 딴 옥수수나 쪄 먹어야 하겠다.
35도가 넘는 무더위에 불을 때는 것도 고역이지만
그 또한 여름철의 즐거움이 아니겠는가?

부채붓꽃

일요일 아침은 유난히 고즈넉하다.
도로에는 지나가는 사람도 보이지 않는다.
멈춰버린 시간, 모든 것이 정지된 듯한 느낌이다.

나가사키의 평화박물관에도 멈춰버린 시계가 있다.
원폭이 투하된 1945년 8월 9일 오전 11시 2분.
그 시간은 지금껏 움직이지 않고 그 자리를 지키고 있다.

그 충격과 고통으로 일주일도 지나지 않아 항복했는데
그들은 벌써 잊어버리고 다시 군사 대국을 꿈꾸고 있다.
일본이 과거의 망령에서 깨어날 수는 정녕 없는 것인가?

요즘 들어서 어쩐 일인지 잠이 없어졌다.
매일 새벽 5시쯤이면 잠이 깨는 것이다.
늦게 잠자리에 들어도 그 시간이면 눈이 떠진다.

저녁에는 9시 뉴스를 다 보기가 어렵다.
소파에 기대어 졸다가 집사람의 핀잔을 듣고
체력의 한계를 느낀 후에야 잠자리에 드는 것이다.

일찍 일어나는 것도 일종의 공해인 것 같다.
모두가 자고 있는데 혼자서만 부스럭거리니 말이다.
할 수 없이 뉴스와 인터넷을 검색해도 시간은 남는다.

분꽃

올여름은 유난히 더위가 기승을 부린다.
급기야 온도계가 인간의 체온을 위협하고 있다.
하지만 내일이 입추이니 더위도 이제 한계에 온 듯하다.
기껏해야 말복이 지나면 더 이상 힘을 발휘하지는 못할 것이다.

세상에 영원한 것은 없다.
아무리 강력한 힘도 언젠가는 약화되는 것이다.
그것이 자연의 법칙이요, 인간사의 당연한 원리이다.
언제나 계속될 줄 알아도 모든 것은 순환하기 마련이다.

그러므로 박수칠 때 떠나라고 하지 않더냐.
떠날 때를 놓치고 사는 삶처럼 추한 삶은 없다.
그런데도 자신을 변명하며 권력을 탐하는 사람이 있다.
그들의 삶에 있어서 마지막으로 남는 진정한 명예는 무엇일까?

모처럼 지하철을 타 보니 사람들의 옷 색깔이 장난이 아니다.
어쩌면 그렇게 어둡고 탁한 색깔로만 입고 나왔는지 모르겠다.
남녀노소를 막론하고 온통 검정이나 청색이 대부분이 아닌가?

검정이나 군청색 혹은 카키색 중에도 밝고 산뜻한 색이 있다.
그런데도 사람들은 왜 무겁고 어두운 색만 골라서 입었을까?
아무리 불경기라 해도 바라보는 사람 마음까지 너무 무겁다.

세상이 어수선하고 살아갈 재미가 없어 마음이 얼어붙은 게다.
정치는 혼탁하고 경기마저 풀리지 않으니 마음이 편할 리 없다.
먹는 것마저 힘든 세상에 누가 화려한 옷을 입고 활보를 할까?

붉은토끼풀

토끼풀도 이젠 다품종 시대인가 보다.
붉은토끼풀은 일반 토끼풀보다 잎이 크고 꽃도 화려하다.
애초에 사료용으로 들여왔다는데
우성이라서 점점 더 번식지를 늘려가고 있는 중이다.

하기야 요즘은 국제적인 교류가 활발할 뿐만 아니라
기후마저 아열대성으로 바뀌고 있다니
생태계의 혼란은 피할 수 없는 일이 되어버렸다.
하물며 토끼풀의 종류가 늘어났다 하여 놀랄 것이 무엇인가?

어디 그뿐이랴.
국제결혼에 외국인 취업자까지 우리도 이미 다민족 국가이다.
더불어 살아가는 길, 그것은 당연한 일이겠으나
우리의 정신마저 잃어버릴까 그것이 걱정이다.

일주일 동안 베네룩스 3국 여행을 마치고 돌아왔다.
그런데 감동을 받은 것은 여행 그 자체가 아니었다.
그것은 엉뚱하게도'플란더스의 개'라는 만화영화였다.
버스에서 그 영화를 보면서 얼마나 눈물을 흘렸는지 모른다.

아마도 파트라슈를 보고'뽀공이'를 생각한 모양이다.
네로가 아로아의 집에서 성당으로 갈 때 따라나서는 파트라슈.
그림을 보면서 죽어가는 네로 곁에서 파트라슈도 따라 죽는다.
파트라슈의 주인에 대한 지고한 사랑은 인간보다 뛰어나다.

우리 일행이 벨기에의 플란더스 지방을 지나던 길이었다.
마침 성당 마당에는 파트라슈의 조각품이 놓여 있었다.
눈을 감은 네로와 파트라슈의 표정이 얼마나 행복했던지.
뽀공이가 하늘나라에서 부디 행복하기를 빌고 또 빌어본다.

뻐꾹나리

'때로 삶이 권태로울 때는 시장에 가라'는 말이 생각나서
별로 살 것이 없음에도 중앙시장을 찾아갔다.
내 딴에는 뭔가 치열한 삶의 현장을 기대하고 말이다.

하지만 시장도 역시 권태롭기는 마찬가지였다.
오가는 사람도 그다지 많지 않을 뿐만 아니라
말라빠진 채소 옆에서 할머니는 꾸벅꾸벅 졸고 있었다.

꽤 긴 길을 어깨 한번 부딪히지 않고 돌아오면서
나는 그 권태로움 속에 도사리고 있는
불경기라는 음울한 그림자를 발견할 수 있었다.

결혼 전에는 아들, 딸 하나씩만 낳으려고 했다.
아들 이름은 두산이고 딸 이름은 록담이다.
내가 백씨 성을 가졌으니 말이다.
그러면 백두산, 백록담과 함께 사는 것이 아닌가?

하지만 결국 아들만 둘을 얻었고
특별한 이름에 더 이상 집착할 수도 없었다.
그런데 실제로 그런 이름을 가진 사람도 있었다.
사람의 생각이란 매우 비슷한가 보다.

뽀리뱅이

모임에서 한의원 친구가 이런 이야기를 한다.
"환자 중에 나이가 든 사업가가 있었다.
그분은 75세가 되어서야 아들에게 사업을 물려주었다.
그런데 아들이 자기 말을 안 듣는다고 푸념을 한다."

그 말을 들은 친구는 사업가에게 이렇게 말했다고 한다.
"그럼 사장님과 아드님 중에서 누가 돈을 더 잘 버나요?"
"그야 아들이 더 많이 벌지."
"그럼 아드님의 사업 방침에 따르세요."

그렇다!
젊은이들의 사고가 나와 다르다고 푸념하지는 말자.
그들은 그들 나름대로의 사고방식이 있는 것이다.
시대는 변하는데 흘러간 물로 물레방아를 돌릴 수는 없다.

연말연시에는 그동안 즐겨 사용하던 수첩을 바꾸게 된다.
수첩을 정리하다 보면 참 많은 사람들의 이름이 적혀 있다.
그 이름 중에서 교류가 없는 사람의 이름을 지워내야 한다.

내가 내 수첩에 있는 사람들의 이름을 지운다는 것은
그의 수첩에서도 나의 이름이 지워진다는 것을 의미한다.
그리하여 우리는 처음에 그러했듯 다시 남남이 되는 것이다.

생각하면 잊혀진다는 것이 얼마나 슬픈 일인가?
하지만 이제는 나의 수첩에서 그들을 지워내야 한다.
그래야 그들도 그들의 수첩에서 나를 지우지 않겠는가?

사위질빵

예전에 사위를 사랑하는 장모가 있었다지요.
장모는 머슴에게는 질긴 칡넝쿨로 지게 멜빵을 만들어 주고
사위에게는 잘 끊어지는 사위질빵으로 만들어 주었답니다.
사위가 짐을 조금만 지도록 배려한 것이지요.

예로부터 장모님의 사랑은 씨암탉이라는데
멜빵(질빵)에서도 그 사랑을 엿볼 수가 있네요.
그 모두가 딸을 사랑하는 마음에서 비롯된 것이니
부모님의 자식 사랑은 그 깊이를 헤아리기가 어렵습니다.

어느덧 세월 지나 장모님은 돌아가셨는데
이제 와서 그 사랑에 어찌 보답할까요?
지나고 나면 후회하는 것이 인지상정이라지만
그렇게 또 무심하게 세월만 흘러가네요.

오랜만에 예산마라톤 10km에 도전했다.
기록은 57분 11초인데 이 정도면 대만족이다.
참가 전부터 1시간 이내에 들어오고 싶었기 때문이다.

작년에는 예산마라톤 5km에서 29분 35초를 기록했으니
올해 10km를 1시간 이내에 들어오기는 무리일 것 같았다.
그래서 노심초사 땅만 바라보며 부지런히 달린 결과이다.

나는 사람들이 흔히 말하는 평발이라 잘 달리지 못한다.
3년 전에는 왼쪽 무릎이 퇴행성 관절염이라는 진단도 받았다.
그래서 부지런히 산에도 가고 운동도 한 결과인 것이다.

이제 더 욕심을 부리고 싶지는 않다.
이 정도에서 만족하고 꾸준히 운동을 하고 싶다.
그러나 언제까지 달릴 수 있을런지는 기약할 수가 없다.

산구절초

나이가 들어가는지 이리저리 아픈 곳이 자꾸 생겨난다.
문득 두보(杜甫)가 만년(晚年)에 지은 시 강촌(江村)이 생각난다.

淸江一曲抱村流　長夏江村事事幽
自去自來堂上燕　相親相近水中鷗
老妻畵紙爲碁局　稚子敲針作釣鉤
多病所須唯藥物　微軀此外更何求

맑은 강물 한 굽이가 마을을 감싸 흐르고
긴 여름의 강촌(江村)은 일마다 한가롭다.
지붕 위를 나는 제비는 저 홀로 오고가고
물 속 갈매기는 서로 친근하기만 하구나.

늙은 아내는 종이에 바둑판을 그리고
어린 아들은 바늘로 낚시를 만드는데
병이 많은 내가 얻고자 하는 것은 오직 약물뿐.
하찮은 이 몸이 이것 외에 무엇을 더 바라리오.

“이보시게 젊은이, 좀 쉬었다 가게.
어디를 가시는데 그리도 바쁘신가?
앞만 보지 말고 때로는 옆도 보고,
가끔씩은 뒤를 돌아보기도 하시게.”

“그렇게 빨리 가면 목적지도 점점 더 가까워질 터.
그곳이 무에 좋다고 그리 허둥대며 걸어가시는가?
쉬엄쉬엄 걷다가 힘들면 길바닥에 앉아도 보시게.
아직도 인생길이 아주 먼 길이라고 생각하시는가?”

산꼬리풀

우리는 참 편리한 세상에 살고 있다.
마주 보지 않아도 이야기를 나눌 수 있고,
전화 한 통이면 무엇이든 배달이 된다.
정말 이렇게 살아도 되는가 하고
너무 행복에 겨워 미안스러울 때가 있다.

그러나 그게 어찌 행복이랴.
반가운 사람은 직접 마주해야 더욱 정겹고,
불어 터진 자장면보다 집에서 만든 음식이 더 맛있다.
정말 이렇게 살아도 되는가 하고
너무 민망하여 옛날이 그리울 때가 있다.

산마늘잎은 남자들에게 좋다고 알려져 있다.
왜 좋은지, 얼마나 좋은지는 잘 모른다.
아무튼 좋다는 이야기만 무성하다.

정력에 좋다, 관절염에 좋다, 숙취 해소에 좋다 등등,
도대체 몸에 좋다고 하면 무엇이든지 남아나지 않는다.
굼벵이, 달팽이, 지렁이, 개구리, 지네, 뱀……

그러나 아둔한 내가 생각하기에
이 세상에서 가장 건강에 좋은 것은
아내가 정성스럽게 지어주는 한 끼의 밥이다.

산부추

들냥이인 애옹이가 또 새끼를 낳았다.
아내가 밖에 나가니 애옹이가 자꾸 따라오더라는 것이다.
그러다가 창고 문을 여니 재빠르게 구석으로 갔다고 한다.

그곳에서 애옹이는 세 마리의 새끼를 낳았다.
그런데 애옹이는 새끼 한 마리를 돌보지 않았다.
탯줄까지 매달고 있어 아내가 끊어준 놈이다.

애옹이는 그 녀석을 버린 자식 취급을 하는 것 같았다.
젖도 주지 않아서 아내가 어미 곁에 놓고 보살폈다.
그러더니 어느 날 애옹이는 몰래 거처를 옮겼다.

두 마리를 먼저 옮기고 마지막 한 마리까지 옮겨 갔다.
이제 애옹이는 안전한 곳에서 새끼들을 키울 것이다.
그리고 언젠가는 다시 새끼들을 데리고 나타날 것이다.

나는 자연(自然)이라는 말을 참 좋아한다.
'스스로 그러하다'는 뜻이니 생긴 그대로를 말한다.
'nature'라는 단어에도 '본질' 혹은 '본성'이라는 뜻이 있다.
본성은 어떤 존재가 가지고 있는 고유한 특성인 것이다.

그런데 언제부턴가 문제가 생겨나기 시작했다.
품종 개량의 명목으로 식물의 본래 모습을 변화시켜
맛과 크기는 물론 형태까지 바꾸는 것이다.
이제 토종은 찾아보기가 어렵게 되었다.

지금 자연은 엄청난 몸살을 앓고 있다.
생태계는 파괴되고 있으며 재앙은 늘어나고 있다.
급기야 인간은 자신의 모습까지 뜯어 고친다.
이제 더 말하여 무엇하리.

산오이풀

오이풀의 잎에서는 오이 냄새가 난다.
노루오줌 뿌리에서는 노루 오줌 냄새가 난다.
수박풀에서는 수박 냄새가 난다.
이렇게 냄새와 관련하여 이름을 지은 식물이 많다.

그러나 오이 냄새가 난다고 하여 오이가 아니고
노루 냄새가 난다고 하여 노루가 아니듯이
수박 냄새가 난다고 하여 수박이라고 할 수는 없다.
그런 이름은 편의상 붙인 명칭에 불과하기 때문이다.

모름지기 사람에게서는 사람의 냄새가 나야 한다.
사람이 다른 냄새를 내면 사람이라 할 수 없다.
이 세상은 더불어 살아가는 삶의 터전이다.
사람들이 사람 냄새 물씬 풍기는 세상이어야 한다.

봄이 되면 여기저기에 풀들이 자라난다.
풀과의 전쟁이 시작되는 것이다.
며칠만 신경을 쓰지 않으면 온통 풀 천지다.
느린 것 같아도 자라는 속도가 엄청나다.

그렇다고 제초제를 뿌릴 수는 없다.
풀 틈에 섞여 있는 꽃을 보호해야 한다.
작은 꽃이라도 꽃은 꽃이 아니더냐.
며칠 동안 계속 풀 뽑기를 해야 할 것 같다.

풀은 썩어서 거름이 된다.
그 거름은 다시 농작물의 영양소가 된다.
그러니 풀이 난다고 투정할 일도 아니다.
자연은 언제나 공정하다.

산파

시골에 다녀오는 길.
산길을 지나다가 무심결에 코끝에 스치는 향기.
아카시아꽃이 피었구나!

첫사랑 소녀의 머리칼에서 풍기던
갓 샴프한 아릿한 냄새가
문득 코끝에 묻어난다.

그 소녀도 이제 초로(初老)의 여인이 되었겠고
나 또한 세월 따라 늙어가건만,
그 시절 그 향기는 아직도 마음속에 남아 있었네.

우리집 대문 오른쪽에는 삼잎국화가 있다.
해마다 이맘때면 싹이 나오고 여름이면 꽃이 핀다.
그런데 키가 커서 장마철이면 쓰러지기가 일쑤다.
언제나 긴 나뭇가지로 받치고 끈으로 묶어주어야 한다.

아내는 그 모습이 흉하다고 늘 못마땅하게 여겼다.
그러던 어느 날 밥상에 나물이 올라왔다.
바로 삼잎국화 어린 싹을 따서 만든 나물이었다.
나는 그런 아내의 모습이 못마땅하게 생각되었다.

그래도 삼잎국화는 해마다 잘도 자란다.
아마 올해도 삼잎국화는 또 쓰러질 것이다.
이번에는 미리 지주대를 예쁘게 세워야 하겠다.
물론 처음에 나온 싹은 어느 날 식탁에 오르겠지만.

삼지구엽초

삼지구엽초는 한방에서 오랫동안 사용되어 온 약재이다.
동의보감과 본초강목의 기록에도 있어서 잘 알려져 있다.
특히 성기능과 면역력 강화, 혈액순환 개선 등에 쓰인다.
민간에서는 이 식물을 음양곽이라는 이름으로도 부른다.

옛날 중국에 어느 양치기가 살고 있었다고 한다.
그에게는 정력이 강한 숫양 한 마리가 있었다.
어느 날 숫양을 따라가니 이상한 풀을 뜯어 먹었다.
그 풀의 이름이 바로 삼지구엽초였다는 것이다.

삼지구엽초는 진하게 끓여 꿀과 섞어 마시면 좋다.
냉장보관하면 열흘이 지나도 변하지 않는다고 한다.
아니면, 그늘에서 말린 뒤 술을 담가 마셔도 좋다.
사람들은 이 술을 선령비주(仙靈碑酒)라고 부른다.

카드를 발급받으려고 은행에 전화를 걸었다.
전화를 받는 담당 직원이 친절히 묻는다.
"본인 명의의 집이 있으신가요?"
"아니요."
"그럼 직업은 있으신가요?"
"아니요."
그리고 며칠 뒤에 카드 발급이 불가하다는 메시지가 왔다.

나는 당장 전화를 걸어 항의하였다.
"나는 집은 없어도 집을 살 능력은 있다."
"직업은 먹고 살 만하니 안 갖는 것이다."
"아직까지 신용불량자가 된 적이 없다."
그랬더니 연금증서나 은행거래 확인서를 보내라고 한다.
참으로 황당한 경험이다.
결국 카드를 발급받았다.

삿갓나물

人良卜一〈食上〉 하오리까?
月月山山〈朋出〉 연후에……
丁口竹天〈可笑〉 가소롭구나.
이는 김삿갓(김병연)이 지은 시로 알려져 있다.

김삿갓이 전국을 돌다가 어느 산골집에 들렀다,
그런데 늦은 밤 식사시간이 지나도 소식이 없다.
그때 밖에서 안주인이 "밥상 올릴까요?"라고 묻는다.
이에 주인장이 "친구가 떠나가면."이라고 답한다.

천하의 시인 김삿갓이 이를 눈치채지 않을 리 없다.
그는 어쭙잖은 시골 촌부의 시에 일침을 가한다.
"참으로 가소롭구나!"
그래도 낯선 나그네를 재워주는 인심이 대단하다.

오늘도 기다림에 하루가 가고
그리움만큼 길어진 목 줄기는
기어이 부러지고 말았구나.

토담 옆의 상사화(相思花)*가 곱다.
아무리 고우면 무엇하리오?
잎은 벌써 다 지고 만 것을……

*상사화(相思花) : 이 꽃은 잎이 진 다음에 꽃이 피기 때문에
꽃과 잎이 만날 수 없어 서로 그리워한다고 함.

새우란

인간의 마음에는 누구에게나 사랑의 샘이 있다.
그 사랑의 샘물은 퍼내면 퍼낼수록 더욱 넘친다.
하지만 퍼내지 않으면 마침내 말라버리고 만다.

아내가 모처럼 옷을 사준다고 한다.
아마도 여행 준비를 위해 그런가 보다.
하지만 나는 그다지 기쁘지 않다.
여행을 위해 굳이 옷을 살 필요가 있는가?

옷을 사러 나갔다가 다툰 적이 한두 번이 아니다.
그러니 옷을 사준다고 해도 기쁠 리가 없다.
아내는 내가 화려하고 밝은 옷을 입기를 바란다.
하지만 나는 단순하고 어두운 색깔의 옷이 좋다.

아내는 자신의 의견을 굽히려 하지 않는다.
마지못해 의견을 절충하여 옷을 사기는 하지만
맘에 들지 않는 옷을 내가 즐겨 입을 리도 없다.
그럼에도 아내는 왜 자꾸 옷을 사주려는 걸까?

설앵초

내가 어린 시절에 듣던 노래는 이별의 아픔이 주를 이루었다.
그런데, 언제부턴가 대중가요의 가사가 바뀌기 시작했다.
내 기억으로는 아마도 다음과 같은 노래인 것 같다.

저기 보이는 노란 찻집
오늘은 그녈 세 번째 만나는 날.
마음은 그곳을 달려가고 있지만
가슴이 떨려오네.*

그런데, 왜 우리 기성세대는 그것을 극복하지 못하는 것일까?
지난 시절이 배고프고 힘겨웠지만 이제는 잊어버려야 한다.
우리의 앞에는 밝고 행복한 시간이 기다리고 있지 않은가?

*이상우, 그녀를 만나는 곳 100미터 전

요즘은 통 아침을 먹고 싶은 생각이 없다.
밥이라고 해야 겨우 2/3 공기가 고작인데
그나마 먹어야 한다는 생각으로 먹는 것이다.

얼마 전 아내가 "아침을 꼭 먹어야 하느냐?"고 묻던데
며칠간 곰곰이 생각해 보니 그래도 될 듯하다.
전혀 안 먹는 것이 아니라 야채와 과일은 먹지 않느냐?

결국 오늘 아침, 또 "아침을 안 먹어도 되느냐?"고 하길래
마지못해 "그러마."고 다짐하고 말았다.
그런데 지금이 11시인데도 배가 고프지 않다.

아아, 이젠 아침밥과도 안녕을 고해야 하는가 보다.
아내는 아침을 하지 않아서 기분이 좋겠지만,
나는 뭔가 잃어버린 듯 허전함이 가득하기만 하다.

세바람꽃

젓가락질을 하다 실수로 음식이 바닥에 떨어졌다.
음식을 주워 담으려는데 문득 뽀공이 생각이 난다.
이럴 때 뽀공이가 있었다면 냉큼 달려들었을 텐데.

뽀공이가 떠나간 지도 어느덧 10년이 넘었다.
그동안 뽀공이가 잘 있었는지 무척 궁금하다.
기억에서 지웠던 무심한 세월이 오래 되었구나!

뽀공이가 묻혀있는 곳은 높은 산 양지바른 곳.
사방이 탁 트이고 시원한 바람이 불어오는 곳.
그곳에 가면 그의 영혼이라도 만날 수 있을까?

사람이나 짐승이나 목숨은 귀중하다.
더구나 나를 따랐던 기억은 좀처럼 잊기가 어렵다.
이제는 잊어도 좋을 텐데 그것이 쉽지 않다.
정을 주기는 쉬워도 떼기는 너무 힘들다.

며칠 전부터 타고 다니는 차의 에어콘이 말썽을 피운다.
처음에는 찬 바람이 나오는데 나중에는 더운 바람이 나온다.
무더위에 냉각기마저 고장이 나니 그야말로 최악이다.

전에도 에어콘 문제로 정비소에 가서 교체한 적이 있다.
그런데 문제가 생긴 것을 보니 차가 낡아서 그런 모양이다.
하긴 그동안 이 차가 가장 오래 탄 차인 것 같다.

처음부터 새 차를 산 것은 아니었다.
어머니께서 거금 천만 원을 주시기에 그 돈으로 산 차다.
물론 어머니와 소유주를 함께 하고 장애인차로 등록하였다.

사람이나 기계나 오래 쓰면 망가지는 것은 당연한 이치이다.
어머니 연세가 90이 넘었는데 차도 출고된 지 10년이 넘었다.
어머니도 아프신데 차만 수리하러 가자니 공연히 죄송스럽다.

소경불알

순대형 집에 가면 이곳저곳에 그림들이 널려 있다.
그리고 대부분의 그림에는 이미 주인이 정해져 있다.
이건 누구에게 줄 것, 저건 누가 맡아놓은 것 등.
그렇다고 그림값을 제대로 받지도 않는다.
주면 받고 안 주면 안 받는다.

우리 집에도 순대형의 그림 두 점이 있다.
한 점은 얻어온 것이고 한 점은 뺏어온 것이다.
문제는 그림값인데 돈을 주어도 받지 않으니 난감하다.
그래서 하루는 시간이 있다기에 납치(?)하여 여행을 떠났다.
장소는 외도, 풍광이 빼어나고 잘 가꾼 정원이 아름다운 섬이다.

언제부턴가 머리의 가운데 부분이 훤하게 비었다.
사진에 찍힌 머리 모습을 보면 참 처량해 보인다.
더구나 머리카락을 염색하지 않으면 온통 백발이다.
이러니 사진을 찍을 때면 저절로 자신감이 떨어진다.

길러서 묶으면 감춰지지 않을까 해서 요즘은 머리를 기른다.
그런데 아내는 속도 모르고 짧은 머리로 깎으라고 성화이다.
그렇게 깎으면 조금쯤은 더 젊어 보일 수가 있다는 것이다.
하지만 나는 얼마 남지 않은 머리카락을 자르고 싶지 않다.

젊으나 늙으나 남의 시선을 의식하기는 마찬가지인 모양이다.
혼자 사는 세상이 아니니 남의 눈을 의식하지 않을 수는 없다.
하지만 퇴직한 내가 머리까지 신경을 쓸 필요는 없을 것이다.
남이 이상하게 쳐다보는 정도가 아니라면 아무러면 어떠할까?

솔나물

내가 마지막으로 편지를 썼던 때가 언제였던가?
생각해 보니 그 기억이 가물가물하기만 하다.
처음으로 편지를 썼던 것은 초등학교 시절인 듯싶다.

군대에서는 군용 배낭에 가득 편지를 받아보기도 했다.
"국군장병 아저씨 안녕하세요."로 시작되는,
그런 편지는 읽고 또 읽어도 내용이 한결같았다.

이젠 받는 편지마다 자녀들 청첩장이나 들어있고
내가 진정 받고 싶은 편지는 찾아볼 수가 없는데
나도 오늘 펜을 들어 편지라도 한 통 써 볼까나.

올해도 벌써 추석 명절이 돌아왔다.
해마다 찾아오는 명절이라 그런지 그냥 무덤덤하다.
어린 시절에는 정말 좋았는데 요즘은 별다른 느낌이 없다.
큰아들은 왔다가 떠났고 작은아들은 며칠 쉬고 갈 모양이다.

오늘이나 내일은 어머님을 찾아뵈러 가야 한다.
연세가 많으셔서 바깥 출입도 자제하고 방에만 계신다.
아무리 맛난 것을 가지고 가도 입맛이 없다며 드시지 않는다.
오래 전 넘어지셔서 고관절에는 철심이 박혀 있는 상태이다.

무더위는 여전히 계속되고 알밤은 아직도 떨어지지 않는다.
보식한 배추마저 타들어 가는데 비는 여전히 찔끔거린다.
절기로는 가을인데 계절은 여전히 한여름이다.
올 가을 추석은 도무지 추석 같지가 않다.

솜나물

유관순 열사 생가 마을로 도시락 배달을 가는 길이었다.
마을회관 앞을 지나가는데 할머니 한 분이 앉아 계신다.
옆을 보니 퇴비 포대 대여섯 개가 밀차에 올려져 있다.
급히 차를 세우고 "퇴비를 어디로 나르느냐?"고 물었다.

밀차를 밀고 할머니가 가리키는 밭으로 갔다.
할머니는 굽은 허리를 하고 천천히 따라오신다.
근처 밭에는 벌써 퇴비 몇 포대가 옮겨져 있다.
한 포대가 10kg이니 밀차의 무게는 50kg이 넘는다.

하지만 계속 날라 드릴 수는 없다.
내 차에는 다른 노인들이 기다리는 도시락이 있다.
할머니는 연신 고맙다는 말씀을 하신다.
돌아오는 발걸음이 물에 젖은 솜처럼 무겁다.

잘못을 했으면 당연히 처벌을 받아야 한다.
그것이 비록 솜방망이 처벌이라 하더라도 말이다.
처벌을 받아야 잘못이라는 것이 드러나는 것이 아닌가?
그래야만 비로소 매듭이 지어지는 것이라 생각한다.

그럼에도 불구하고 기소조차 하지 않거나
기소해야 할 사람은 건드리지도 못하고
꼬리 자르기만 해서야 어디 공권력이 바로 서겠는가?
이야말로 손바닥으로 하늘을 가리는 격이다.

그렇게 묻어두어도 잘못은 언젠가 드러나기 마련이다.
민심이 천심인 것을 안다고 하면서도
정작 민심을 쉽게 잊어버리는 것은 정치인밖에 없다.
역사는 항상 정의의 편에 서 있는 것이다.

송이풀

비가 오는 날이면 술을 마시자고 전화를 하는 친구가 있다.
묻지는 않았지만 뭔가 비에 얼킨 지독한 사연이 있는가 보다.
어제부터 비가 내렸으니 언제 전화가 오려나 기다려진다.

비에 얼킨 사연이 하나쯤 없는 사람이 어디 있으랴.
살다 보면 많은 사람들을 빗속에서 이별하고,
비처럼 쏟아지는 술을 마셔댔을 것이니⋯⋯

세월이 많이 지나고 이제는 잊을 만도 하련마는
무슨 미련이 그리도 많아 아직도 술을 마시자고 하는 것인가.
친구여, 이젠 비도 그쳤으니 앞으로는 전화하지 마시구려.

햇살 고운 아침에 커피를 마신다.
가볍게 나뭇잎에 부딪치는 바람은
까맣게 잊었던 추억을 들춰내는데,

아름다운 사랑 이야기 하나쯤
간직하지 않은 사람이 있을까?
'아픈 가슴 빈 자리에 목련이 진다'는
양희은 노래가 아니더라도.

어린 시절 추억으로 남은 사람들도
얼굴이 가물거리기만 하고
상처 난 자리에 피어났던 아픈 기억도
이제는 잊은 지 오래.

수련

세상에는 어둡고 힘든 삶의 현장에서 고통을 함께 나누며
끊임없이 그 사회를 변화시키려고 노력하는 사람들이 많다.
그들이 있어 사람들은 위로를 받고 희망과 용기를 얻는다.

수련의 자태는 너무도 깨끗하고 순결하여 한 점 흠이 없구나!
그것은 분명 오염된 토양 위에 강한 뿌리를 내리고 살면서도
오히려 물을 정화시키는 맑은 심성을 갖고 있기 때문이리라.

혼탁한 세상에서 사람에게 실망하고 좌절하는 분들이 많은데
그런 시련을 딛고 자신이 세상의 빛이 되면 참 좋을 듯싶다.
나도 저 고고하고 맑은 영혼을 가진 수련처럼 살면 좋으련만.

碧海靑天一解顏(벽해청천일해안)
仙緣到底未終慳(선연도저미종간)
鋤頭棄擲尋常物(서두기척심상물)
供養窓明几淨間(공양창명궤정간)

푸른 바다 파란 하늘 얼굴을 활짝 펴니
신선 인연 끝끝내 인색한 것 아니로다.
호미질로 내다 버린 심상한 이 물건을
밝은 창 깨끗한 책상 사이에 공양하네.

추사 김정희가 지은 칠언시(七言詩) '수선화'이다.
수선화는 추사가 유난히 사랑한 꽃으로 알려져 있다.
수선화의 의미는 물 위에 떠 있는 신선이라는 뜻이다.
눈 속에서도 꽃을 피우기 때문에 설중화로도 불린다.

수염패랭이

저녁 무렵 땅거미가 내린 뒷동산 산그늘에서 소쩍새가 운다.
해마다 이맘때면 어디선가 찾아와 밤마다 하염없이 울어댄다.
소쩍새 울음만큼 처연하고 슬픈 울음소리가 또 어디에 있을까?
그래서 소쩍새는 예로부터 문인들의 시에 흔히 등장하곤 했다.

촉왕본기(蜀王本紀)에 등장하는 귀촉도(歸蜀途)를 비롯하여
이조년의 다정가(多情歌)에 등장하는 자규(子規)는 물론이요,
여인에 빠져서 나라를 잃은 황제와 관련된 망제혼(望帝魂),
소월의 접동새, 혹은 적벽가의 초혼조(抄魂鳥) 등이 그렇다.

'귀촉도'는 또한 미당 서정주의 두 번째 시집이기도 하다.
미당은 이 시집에서 동양적인 내면과 감성의 세계를 보인다.
다하지 못한 사랑의 아쉬움과 사무치는 그리움이 그것이다.
귀촉도야말로 애절한 한(恨)의 객관적 상관물이라 할 것이다.

주연배우 같은 조연배우가 있다.
약방의 감초처럼 빠져서는 안 되는 사람,
그가 없으면 감칠맛이 나지 않는다.

음식에서 양념이 빠진다면 무슨 맛이 있으리.
재료와 솜씨도 중요하지만
양념이 어우러져야 훌륭한 음식이 된다.

스타여, 그대는 위대하다.
그러나 항상 당신 곁에 있는 조연배우에게 감사하라.
그가 없었다면 당신이 그렇게 빛날 수가 있었겠는가?

숫잔대

먹고 싶으면 먹고
보고 싶으면 보고
자고 싶으면 자고
놀고 싶으면 놀고

그럼에도 불구하고
항상 마음 한구석이 허전한 것은,
그래 맞아.
사랑이 부족한 게야!

쑥부장이는 가을꽃의 대명사라고 해도 과언이 아니다.
산과 들 어디든지 마음만 먹으면 피어나는 예쁜 꽃이다.
꽃이 화려하지 않고 소박하여 시골 처녀를 닮은 꽃이다.
모든 꽃이 다투어서 피는 계절을 피해 조용히 피어난다.

그런데 굳이 가을을 택하여 피는 까닭은 무엇일까?
올해는 기어코 가을 산행을 한번 해보아야 하겠다.
높은 산에서 홀로 자라는 쑥부장이를 만나고 싶다.
조금 늦은 가을쯤 만나서 그 사연을 들어보고 싶다.

앉은부채

앉은부채를 보면 경기도에 있는 천마산 생각이 난다.
이른 봄이면 앉은부채며 노루귀며 바람꽃이 피는 곳.
그 꽃 중에서도 앉은부채는 꽃 모양이 아주 특이하다.

잎이 매우 클 뿐만 아니라 꽃도 또한 큰 편이다.
그리고 꽃은 넓은 잎 아래에 살짝 숨겨져 있다.
무슨 수줍음이 그렇게 많아 얼굴을 숨기는 것일까?

모든 꽃들이 화려한 자태를 뽐내며 곤충을 유혹하는데
앉은부채는 왜 자신을 드러내지 못하고 숨어서 피는지,
흡사 나 자신을 엿보는 것 같아서 안타까운 마음이다.

우리나라 사람처럼 호불호를 분명히 내색하는 민족이 있을까?
호불호도 문제지만 자신의 생각만 고집하는 것이 큰 문제이다.
그래서 낯선 사람들과 언쟁이 생기면 타협을 하기가 쉽지 않다.

종교나 정치 문제에 있어서는 그러한 경향이 더욱 강하다.
절친한 사이에도 언쟁이 붙으면 얼굴을 붉히기가 십상이다.
자신의 신념에 관한 것은 절대로 포기하지 않기 때문이다.

이러한 고집은 나라가 위기에 처했을 때 큰 힘을 발휘했다.
연암은 단발령에 반발하여 도끼를 등에 지고 상소를 올렸고
안중근 의사는 죽음을 불사하고 이토 히로부미를 암살했다.

하지만 요즘 정치인들처럼 자기 주장만 하는 것은 옳지 않다.
상대방과 주장이 엇갈릴 때는 내 생각도 살펴볼 필요가 있다.
여야를 막론하고 자기 주장만 내세우는 것은 똥고집인 것이다.

애기나리

올여름엔 매미의 울음소리를 많이 듣지 못한 것 같다.
전에는 너무 시끄럽게 생각되었는데 올해는 왜 그럴까?
매미 소리가 잘 들리지 않으니 그 소리도 그리워진다.

매미가 우는 이유는 암컷을 부르기 위함이라고 한다.
일주일에서 한 달 정도 사는 매미는 무척 조급할 것이다.
어둡고 습한 땅속에서 7년을 살았으니 그 심정이 오죽하랴.

자연의 섭리에는 인간이 모르는 것이 너무나 많다.
우리에겐 시끄러운 소리지만 그 이유가 있는 것이다.
그러니 짜증을 내지 말고 그 소리에 귀를 기울이자.

오늘도 찌는 듯한 무더위 속에 나무들이 자라나고
그 나뭇가지 위에서 매미가 자지러지게 울어댄다.
무더위가 지나가면 매미 소리도 그리워질 것 같다.

많고 많은 이름을 두고 왜 하필이면 애기똥풀일까?
이유는 이 식물의 줄기를 자르면 노란 즙이 나오는데
그 액체가 애기의 묽은 똥을 닮아서 그렇다고 한다.

예전에는 천민(賤民)들의 이름이 그러하였다.
개똥이며 쇠똥이처럼 갖다 붙이면 이름이 되지 않았던가.
참으로 어처구니없는 일이 아닐 수 없다.

그런데 요즘에도 종종 이상한 이름이 발견된다.
그런 이름은 남들의 놀림감이 되기가 십상이다.
특히 어린 시절에 놀림감이 된 기억은 오래 간다.

예나 지금이나 이름은 고유한 것이고
평생 남들에게 불려야 할 소중한 명칭이다.
작명할 때 신중해야 할 이유가 분명하다 하겠다.

애기앉은부채

오래 벼르던

영국 런던에 다녀왔다.

13박 15일 동안이라서 길기도 하다.

사촌형댁에 머물며 경비도 별로 들지 않았다.

교통비와 입장료, 그리고 점심값만 있으면 된다.

항공권도 미리 예약을 해서 저렴한 가격에 구입을 했다.

영국은 날씨가 예측하기 어려운데도 날씨마저 도와주었다.

하루를 제외하고 소나기 정도만 내렸을 뿐 큰비가 오지 않았다.

시간이 넉넉해서 런던의 명소는 물론 근교까지 여행할 수 있었다.

교통수단은 전철이고 근교 외곽에 갈 때만 자가용을 이용했다.

차량 이동은 햄튼코트, 윈저캐슬, 세븐시스터즈, 코츠월즈였다.

그야말로 원하는 코스를 찾아다니는 맞춤형 여행이었다.

거기다가 근처의 새벽 알뜰시장까지 다녀오기도 했다.

영국은 검소하면서도 힘이 느껴지는 나라였다.

남을 구속하지는 않지만 자존심이 강했다.

어쩌면 너무 무관심한 것도 같았다.

그것이 영국의 저력이다.

전통사회에서는 '삼종지도(三從之道)'가 강조되었다.
여자는 시집을 가기 전에는 아비를 따르고,
시집을 간 후에는 지아비를 따라야 하며,
지아비가 죽으면 아들을 따라야 한다는 것이다.
(婦人有三從之義, 無專用之道. 故未嫁從父, 旣嫁從夫, 夫死從子)
이러한 가르침은 〈소학(小學)〉과 〈내훈(內訓)〉에도 인용되고 있다.

그러나 여성의 자각과 교육에 의해 여권(女權)이 신장되어
최근에는 '신삼종지도(新三從之道)'라는 말도 생겼다고 한다.
남자가 장가를 가기 전에는 어머니를 따르고,
장가를 간 후에는 아내를 따라야 하며,
아내가 죽으면 딸의 말을 따라야 한다는 것이다.
오호 통재라! 세상이 언제 이렇게 바뀌었더란 말이냐!

앵초

이제는 증오를   걷어내야 한다.
용서를 뛰어넘어   사랑을 해야 한다.
그동안 쌓였던 증오의 때 를 이제는 걷어내야 한다.
과거에는 그들도 내가 사랑했던 사람들이 아니었던가?
내가 사랑으로 그를 대하면 그 또한 사랑으로 나를 대할 터.
주면 받게 되고, 받으면 더욱 주고 싶은 것이 우리네 인정이고
퍼내면 퍼낼수록 더욱 솟아나는 것이 우리네 사랑일진대
무엇이 아까워서 그렇게 망설이고만 있었던 것일까.
무엇이 두려워서 주저하고만 있었던 것일까.
한때는 모두가 친구였던 사이인데
우정이 반 토막 난 뒤
마음만 무겁
다.

야고는 갈대밭에 자리를 잡고 살아가는 식물이다.
정확히 말하면 갈대에 기생하며 살아가는 것이다.
식물 중에서는 새삼이나 겨우살이 등이 그러하다.

기생이란 자신을 다른 대상에 기대어 살아가는 것을 말한다.
그렇다면 매우 염치없는 삶을 산다는 것인데 과연 그러할까?
기생이란 단어도 있지만 공생이라는 단어도 분명히 존재한다.

세상에 공짜는 없으며 일방적인 행위는 존재하지 않는 법이다.
확인할 수 없어도, 그들의 삶에는 분명 공존률(共存律)이 있다.
서로 필요하기에 어울려 사는 것이 사람 사는 이치가 아니던가.

약모밀

커피를 마시기 위해 일회용 컵을 꺼낸다.
어느 기관에서 홍보용으로 보낸 것이다.
'환경을 보호합시다.'라는 글씨가 선명하다.

나는 개인적으로 봉지커피가 가장 좋다.
커피와 프림과 설탕의 황금비율 때문일까?
아니면, 싸구려 커피에 중독된 때문일까?

생각하는 사이에 어느덧 커피잔은 비워지고
나는 일회용 컵을 다시 뜨거운 물로 행군다.
그리고 두껑이 있는 깡통 속에 집어넣는다.

이 컵은 며칠 동안 사용할 수 있을까?
아니 몇 회를 사용할 수 있을 것인가?
이렇게 얼마나 노력해야 나무 한 그루가 될까?

양귀비는 당나라 시대에 태어난 중국의 절세 미녀이다.
그녀는 어린 시절 부모를 여의고 친척집을 전전한다.
그러다가 현종의 18번째 왕자의 부인으로 간택된다.
하지만 화청지*에서 현종의 눈에 띄어 그의 총애를 받는다.

그녀는 키가 160cm 정도로 체중은 65kg이 넘었다고 한다.
그야말로 풍만하고 요염한 모습이 아니었나 생각이 든다.
나라와 시대마다 미인의 모습이 달라지는 것을 알겠다.
가는 허리에 앵도같은 입술을 지녀야만 미인이 아닌 듯하다.

현종은 화청궁을 짓고 전용 목욕탕까지 만든다.
그러나 그녀에게 빠져 헤매다가 안록산의 난으로 죽게 된다.
지금도 중국의 화청궁에 가면 양귀비상을 만날 수 있다.
그것을 가만히 보고 있으면 권력의 무상함을 느끼게 된다.

*화청지 : 중국 산시성 시안(서안)에 있는 온천지대.

양지꽃

양지꽃은 양지(陽地)만 골라 피는 꽃이다.
이른 봄 땅이 녹으면 햇빛 좋은 산기슭에서 꽃을 피운다.
유난히 양지를 좋아하여 양지꽃이라는 이름이 붙었다.

그러나 모든 식물이 양지만 골라서 꽃을 피울 수는 없다.
식물은 오로지 주어진 환경에 적응하며 살아갈 뿐이다.
그것이 식물의 운명이며 생존의 법칙이다.

어떤 사람은 스스로 음지를 골라 꽃을 피우기도 한다.
어두운 곳에서 소외된 이웃과 더불어 사는 사람들이다.
그들은 어두운 음지에서도 눈물겨운 꽃을 피워낸다.

양지에서만 꽃이 피는 것은 아니다.
음지에서도 얼마든지 꽃은 피어난다.
같은 꽃이라도 양지보다 음지의 꽃 색이 더 곱다.

외출을 하려고 문을 나서다가 우편물을 발견했다.
구청에서 발송된 속도위반 교통범칙금 고지서였다.
아내가 볼세라 얼른 호주머니에 넣고 집을 나선다.

내 책상 서랍에는 이런 고지서가 꽤 많이 쌓여 있다.
범칙금고지서는 잊을 만하면 날아오는 세금 고지서다.
아무리 조심을 한다고 해도 결코 헤어날 수가 없다.

요즘 도로의 속도 제한이 무척 다양하다.
학교 앞 30km, 시내 50km, 전용도로는 70km이다.
너무 느려서 조금만 다른 생각을 해도 걸리고 만다.

그러니 카메라만 없으면 자주 속도 위반을 한다.
바쁜 일이 없는데도 버릇이 되어 버린 모양이다.
도대체 이 나쁜 버릇이 언제 고쳐질지 모르겠다.

어수리

성환 장은 다른 시장에 비해 제법 북적거리는 편이었다.
골목으로 길게 늘어선 상인들과 순대국을 파는 천막들,
그리고 시장 한쪽의 이벤트 공연에 장터는 왁자지껄하다.

금강산도 식후경이라고 배가 고파서 순대국집을 찾았다.
그런데 유독 어느 집은 여전히 사람들이 득실거리는데
다른 집들은 거의 파리가 날리는 수준으로 손님이 뜸하다.

손님이 많은 집이 좋겠지만 일부러 손님이 적은 집을 찾았다.
이곳에서 살아남았으면 무슨 큰 차이가 있으랴 싶기도 하고,
물건 하나를 사더라도 어려운 집이 더 낫겠다는 생각에서다.

역시 맛에서는 별 차이가 없는데 약간 다른 점이 있었다.
조리 시간이 길고 인사성과 친절함이 부족했다는 점이다.
장사 수완은 이런 작은 것에서부터 서로 갈라지는가 보다.

강원도 곰배령은 야생화의 천국이다.
지천으로 깔려있는 꽃들의 낙원, 그곳엔 얼레지도 많다.
마을 사람들은 얼레지의 어린잎을 나물로 먹기도 한다.

얼레지는 땅속 깊이 뿌리를 내려 캐기가 어렵다.
한번 자리를 잡으면 떠나지 않으려는 강한 집착 때문일까?
그리고 남부와 북부지방에는 많은데 중부지방에는 별로 없다.

햇살이 좋은 날 너무 웃다가 그만 꽃잎이 뒤집어지는 꽃.
혼자 피기는 너무 외로워 항상 무리를 지어 피어나는 꽃.
내년 봄에는 곰배령으로 예쁜 얼레지를 만나러 가고 싶다.

엉겅퀴

아무래도 안경을 맞춰야 하나 보다.
돋보기를 써도 글자가 또렷하지 않다.
도대체 왜 이렇게 되었는지 한숨만 나온다.
예전에는 양쪽 눈의 시력이 모두 2.0이었다마는.

눈이 피곤해지면 책을 읽을 수가 없다.
조금만 읽어도 머리가 어지럽고 정신이 혼미하다.
그러기에 손에서 책을 놓은 지는 이미 오래되었고
책꽂이에 꽂힌 책에서는 하품소리만 요란하다.

그래도 고집은 있어서 쉽게 안경점을 찾지 않는다.
그것은 마치 허리에 맞지 않는 바지를 버리지 않고
언젠가 허리를 줄여 맞추겠다는 그런 생각과 다름이 없다.
아, 나는 언제나 철이 들런지 아내의 말은 틀린 게 없다.

여로는 백합과에 속하는 식물로 뿌리를 약으로 쓴다.
특히 늑막염에 걸렸을 때 달여 먹으면 효과가 있다.
그렇다고 하여 마음대로 약재로 사용해서는 안 된다.
과거에 살충제로 사용하던 유독한 식물이기 때문이다.

이렇듯 식물들은 유용하기도 하고 독이 되기도 한다.
사람들의 관계도 그와 다름이 없는 것 같다.
공자도 익자삼우(益者三友)와 손자삼우(損者三友)라 했다.
좋은 친구는 득(得)이 되고 나쁜 친구는 실(失)이 된다.

여우꼬리

중국에 갔을 때 도문이라는 곳에서 꽃제비들을 볼 수 있었다.
꽃제비란 집도 없이 떠돌아다니며 구걸하는 아이들을 말한다.
두만강의 너비가 좁은 이곳은 갈수기(渴水期)에 헤엄을 치면
순식간에 강을 건너 중국 땅으로 넘어올 수 있는 거리이다.

강을 건넌 꽃제비들은 이리저리로 어슬렁거리면서
관광객들에게 먹을 것을 구걸하며 살아가고 있었다.
그러다 호의를 베푸는 관광객이 보이면 악착같이 따라붙는다.
안내원은 절대로 그들에게 친절을 보이지 말라고 강조했다.

문득 다이어트 열풍이 불고 있는 우리 현실이 떠오른다.
우리들은 언제부터 이렇게 배를 두드려가며 살아왔던가?
불과 50년 전만 해도 삼시세끼를 제대로 먹는 집이 드물었다.
어떠한 이유라도 굶어 죽어가는 아이들이 있어서는 안 된다.

석가세존께서 영산회(靈山會)에서 설법하실 때의 일이다.
세존께서 조용히 연꽃 한 송이를 들어 사람들에게 보였다.
이때 마하 가섭이 그 뜻을 깨닫고 홀로 미소를 지어 보인다.

이것을 보시고 석존께서 그에게 불교의 진리를 전했다.
사람들은 이것을 염화미소(拈華微笑)라고 부른다.
문제는 '가섭이 꽃을 보고 무엇을 깨달았는가?'라는 점이다.

연꽃은 혼탁한 연못에서 피어나도 청순하고 아름답다.
가섭은 이 세상이 혼탁한 연못처럼 어지럽다고 보았다.
그리고 그 속에서 깨달음을 얻어야 한다고 생각한 것이다.

*영산회(靈山會) : 세존께서는 영취산에서 설법할 때의 모임

연영초

모처럼 서울에 가서 초등학교 친구들을 만났다.
지금은 우리가 다니던 초등학교도 폐교가 되어버렸지만,
그때 그 시절은 배가 고프기는 했어도 정말로 행복했었지.

중학교를 졸업하고 서울로 가출을 했던 친구들이
그 당시 낯설고 물설은 서울 땅에서 터전을 잡고,
결혼하고 아이들을 낳아 시집 장가를 보냈다고 했다.

보이는 것이라고는 산과 비행기밖에 없는 시골에서
전날 저녁 엄청나게 술을 나눠 마시고
단돈 700원을 쥐고 꿈을 찾아 떠난 서울행 새벽 기차.

눈물도 없이 토해내는 억척스러웠던 삶의 이야기는
비어 있는 막걸리잔 속으로 흘러넘치고,
우리들의 우정도 막걸리 돗수만큼이나 뜨거워지고.

세속적인 욕망이라는 것은 진정 브레이크가 없는 것인가?
부족한 것을 채우고 나면 더는 욕심이 나지 않아야 하는데
아무리 채우고 채워도 부족함은 여전히 마음속에 남는다.

좋은 옷을 입고 맛있는 음식을 먹고 편안하게 잠을 자는 것이
이렇게 우리들의 마음속에서 갈등과 번뇌를 빚어내는 것이라면,
인간이라는 고귀한 존재의 가치 체계가 너무 무상하지 않은가?

세속적인 욕망을 벗어나 진정한 삶의 즐거움을 찾는 것은
물질적인 것을 벗어나 정신적인 수양밖에는 없을 것이다.
욕망이란 채우고 채워도 더 큰 욕망을 가지게 되는 것이니.

염아자

드디어 별이 보이기 시작한다.
밤하늘에 보석처럼 틀어박혀 반짝이는 수많은 별들.
도시의 밤하늘에서는 볼 수 없던 별들이 보인다.

별은 현란한 네온사인이 반짝이는 도시를 떠났다.
그리고 가로등 몇 개 졸고 있는 시골로 나를 따라왔다.
나는 밤마다 별과 함께 이야기를 나누어야 한다.

이제는 오래된 이야기들을 조심스럽게 꺼내고 싶다.
사람들 사이에서 잊고 지냈던 이야기들을 풀어놓고 싶다.
길고도 깊은 밤은 이야기를 나누기에 참 좋은 시간이다.

추풍유고음(秋風唯苦吟) 가을 바람에 괴롭게 시를 읊어도
세로소지음(世路少知音) 세상에는 나를 아는 이가 적구나.
창외삼경우(窓外三更雨) 창밖엔 밤 깊도록 비가 내리는데
등전만리심(燈前萬里心) 등불 앞의 마음은 고향을 달린다.

문득 최치원의 '추야우중(秋夜雨中)'이라는 시가 떠오른다.
그의 처지와 지금의 내 심정이 조금도 다를 바가 없구나.
비 내리는 저녁 내 마음은 어디를 향해 달려가고 있는가?

오랑캐장구채

초등학교 친구 아들 결혼식이 있어서 모처럼 서울에 다녀왔다.
예식 후 점심을 먹는데 화제는 아이들 결혼문제로 압축되었다.
누구 아들은 나이 사십에 겨우 장가를 보냈다는 얘기도 있었고,
누구 딸은 사십이 넘었어도 결혼 생각을 하지 않는다고도 했다.

요즘 백과사전에 등재된 신조어에 삼포세대라는 단어가 있다.
그것은 연애와 결혼과 출산을 포기한 세대를 가리키는 말이다.
결국 이 사회는 삼포세대를 양성하여 독신가정만 늘리고 있다.
그것은 일자리와 복지의 부재에서 오는 당연한 결과일 것이다.

삼포세대에 취업과 내 집 마련까지 포기하면 오포세대가 된다.
그리고 인간관계와 미래 희망까지 포기하면 칠포세대가 된단다.
이제 젊은이들에게 다시 무엇을 더 포기하라고 강요할 것인가?
기본적 삶의 조건이 무너진 곳에 찾아올 것은 좌절감밖에 없다.

지금 내가 바라는 것은 비가 내리는 것이다.
그리하여 아직 발아하지 못한 무우 씨앗이 싹트는 것이다.
또한 배추 모종이 땅에 안전하게 자리를 잡는 것이다.
이것 이외에 무엇을 더 바라겠는가?

중국에서는 인공 강우 이후 강풍으로 큰 피해를 보았다고 한다.
기후 변화는 예측이 불가능하여 하늘의 뜻에 따를 수밖에 없다.
그러니 그 오묘한 하늘의 뜻을 그 누가 알 것인가?
그럼에도 불구하고 인간은 자연을 지배하려고 한다.

아무리 기상 관측이 과학화가 되었다고 해도 역부족이다.
인간은 자연 앞에 다만 티끌 같은 존재에 불과할 뿐이다.
인간이 자연을 지배하려고 할수록 자연의 재앙은 더욱 깊어진다.
인간이 자연과 공존하며 겸손해야 할 이유가 여기에 있다.

옥잠난

함께 근무하던 수녀님이 강원도 산골에서 농사를 짓는다.
연세도 많으신데 농사를 짓는 일이 어디 그리 쉽겠는가?
하지만, 인근 농고에서 교육을 받고 트랙터까지 운전한다.

산의 바위 덩어리를 치우고 척박한 땅에 텃밭을 만드셨다.
생명을 살리는 농사를 한다는 일념으로 가꾼 오미자 열매,
올해도 내게 나누어 주려니 했는데 차례가 오지 못하였다.

전기가 없어 밤이면 암흑이고, 산짐승이 울어대는 깊은 산골.
냉장고가 없어서 쉬어버린 김치와 밥 한 그릇을 내어 주서서
배고픈 김에 허겁지겁 먹고 떠나오던 기억이 지금도 새롭다.

아침에 정원을 손질하느라 명자나무 가지를 잘랐다.
그런데 갑자기 손과 무릎에서 따끔한 느낌이 온다.
명자나무 가지에 둥지를 튼 토종벌에 쏘인 것이다.
혼비백산 달아나다가 생각하니 내 모습이 우습다.

요즘 기후 변화가 심하여 벌이 사라진다고 하지 않더냐.
벌이 사라지면 인간의 먹거리도 위협을 받는다고 한다.
그러니 벌에 몇 방 쏘인다고 해서 그게 무슨 대수일까?
오히려 벌이 살아있음에 감사해야 할 노릇이 아니던가?

더구나 남들은 일부러 몸에 벌침을 놓기도 한다는데,
나는 힘든 벌침을 공짜로 맞았으니 이 또한 행운이다.
인간과 자연의 관계는 서로 도와야만 평화가 유지된다.
자연의 파괴는 결국 인간의 재앙으로 돌아오니 말이다.

왕원추리

왕원추리는 원추리 중에서 꽃이 가장 크다.
꽃이 크기 때문에 '왕'자가 붙은 모양이다.
'왕(王)'은 최고의 권력을 가진 절대자이다.

그렇다면 모든 것이 크기만 하면 왕인가?
과일이나 채소를 사도 크기가 크면 가격이 높다.
같은 무게라고 하더라도 큰 것이 더 비싼 것이다.

큰 것이 더 먹음직하게 보여서 그런 것인가?
그렇다면 크기만 하면 더 맛이 있는 것인가?
어릴 적부터 키가 작은 나는 그런 것이 궁금했다.

'작은 고추가 맵다.'는 말은 내게 큰 위로가 되었다.
꽃이 크다고 다른 꽃보다 더 아름다운 것은 아니다.
꽃은 피어 있다는 그 존재 자체로 아름다운 것이다.

창고를 정리하는데 오만가지 물건들이 다 나온다.
혹시 필요할까 몰라서 그냥 처박아 둔 물건들이다.
아내는 치우라고 성화지만 나는 그러지를 못한다.
시골의 생활에는 모든 것이 다 필요하기 때문이다.

그렇다고 내가 그런 것들을 다시 사용하는 것도 아니다.
꼭 필요한 물건만 사용하고 대부분은 방치하기 일쑤이다.
그러면서 언젠가는 그 물건이 필요할 것이라고 생각한다.
결국 오랫동안 보관하다가 버리는 것이 더 많은 것 같다.

고물을 정리하다 보면 그동안 잊고 지냈던 물건들도 나온다.
그제서야 생각의 저편에 있었던 잊어버린 기억들이 떠오른다.
아, 이제 나도 이 물건들처럼 고물이 되어가고 있지 않은가?
언젠가는 나도 기억의 저편으로 영영 사라져 버리고 말 것을.

용머리

영국의 거액 복권 당첨자의 기사를 본 적이 있다.
그는 10년 전 165억이라는 거액의 복권에 당첨된 뒤
도박과 매춘, 마약 등에 손을 댔다가 모두 탕진하고
지금은 주급 35불로 딸과 함께 살고 있다고 한다.

그에게 있어서 복권 당첨은 크나큰 행운이었으나
그로 인하여 그의 인생은 처절하게 왜곡되었고,
잘못됨을 깨달았을 때는 너무 늦어버린 상황이었다.
그는 재물을 다 잃고 평범한 삶으로 돌아온 것이다.

그러니 우리들의 평범한 삶은 얼마나 행복한가?
매일매일 이어지는 변함없이 똑같은 일상이지만
그 삶이 정말 귀하고 값진 것이 아닐 수가 없다.
복권 당첨은 결국 허망한 꿈에 불과했던 것이다.

양평에 사는 후배가 배낭여행을 제안하여 무조건 승낙을 했다
언젠가는 떠나고 싶었고 아마도 좋은 체험이 되리라 생각했다.
의사소통이 어렵지만 세계 언어인 바디 랭귀지가 있지 않은가?

짧은 영어를 총동원하여 항공권과 게스트 하우스를 예약했다.
무작정 떠난 방콕여행이지만 인터넷 정보는 너무나 유용했다.
더러는 의사소통이 힘들었지만 그런대로 불편은 많지 않았다.

아쉬운 것은 내 나이 정도의 사람들이 별로 없었다는 점이다.
그러거나 말거나 젊은이들이 잘 다니는 거리를 휩쓸고 다녔다.
이곳저곳 다녀 보니 세계는 넓고 갈 곳은 많다는 생각이 든다.

우산나물

나이가 들면 어려진다는 말이 맞는 것 같다.
세월이 갈수록 더욱 그런 생각이 많이 든다.
전에는 사소한 것들은 그러려니 하고 넘겼는데
요즘은 작은 일에도 서운한 느낌이 들곤 한다.

아무래도 자신감 부족이 아닌가 싶다.
또한 표정 관리도 더욱 더 힘들어진다.
속으로는 서운하면서도 대범한 척 넘겨야 한다.
곤란한 경우가 한두 번이 아니다.

나이가 들어갈수록 행동은 수동적으로 바뀌고,
현실은 변해가는데 생각은 변하지 않는다.
이제는 주장하기보다 받아들여야 할 나이임을
나는 벌써 잊고 있었던 것 같다.

어린 시절, 어머님의 소원은 내가 사장이 되는 것이었다.
그런데 그 이유라는 게 참으로 황당하다.
당시는 배가 나온 사람들이 별로 없었는데
사장들만 배가 나와서 배불리 먹는 그들이 부러우셨던 게다.

어머님의 소원대로 이제 나도 남 부럽지 않게 배가 나왔다.
사장은 되지 않았으나 어머님의 소원 중 반은 이루어 드렸다.
하지만 쓸데없이 나온 이 배를 어찌하랴.
틈만 나면 운동을 해도 배는 좀처럼 들어갈 줄을 모른다.

한번 배가 나오고 보니 여러 가지 문제가 많다.
좋은 음식을 먹어도 맛이 있나, 옷을 걸쳐도 모양이 나나.
아아, 이 노릇을 어찌하면 좋을꼬.
어머님은 내게 '식탐은 금물'이라는 말씀을 빠뜨리신 것 같다.

유홍초

드디어 비가 내렸다.
온종일 쉬지 않고 내렸다.
하늘이 나의 기도에 응답한 것이다.
'지성이면 감천'이라는 말이 맞는 것 같다.
나의 기도가 어찌 나 혼자만의 기도일 것이냐.
그것은 비를 기다리던 모든 사람들의 것이었다.
혹자는 장마의 시작에 불과하다고 말하겠지만
나는 결코 그렇게 생각하지 않는다.
그것은
아직도
인간을
포기하지 않은
하늘의 분명한 응답이다.

물은 낮은 곳으로 흐른다.
결코 자신보다 높은 곳을 넘보는 법이 없다.
언제나 자신이 처한 위치에서 낮은 곳으로 향한다.
물은 사랑이다.

물은 수평을 유지한다.
수평이 되면 물은 더 이상 흐르지 않는다.
물의 세상에는 높은 곳도 없고 낮은 곳도 없다.
물은 평등이다.

물은 어디로나 흘러간다.
자신이 가는 곳이 어디인지 묻지 않는다.
평탄한 길이건 굴곡진 길이건 가리지도 않는다.
물은 자유이다.

으아리

계모가 열 살 먹은 아이를 학대하여 죽였다고 한다.
소금밥을 먹이고, 인분을 먹이고, 급기야 나트륨 중독까지.
그러고도 10년 형을 선고받았다고 하니 참 어처구니가 없다.

젊은 시절 군대에서 훈련받을 때
악독한 상사로부터 화장실 청소가 미흡하다는 이유로
바닥을 혀로 핥으라는 말을 들었던 기억이 떠올랐다.

오랜 시간의 학대로 공포에 질려있을 아이.
이제는 저항할 의지마저 상실한 어린아이를
이렇게 모질게 학대하고 죽여도 된다는 말인가?

이렇게 심각한 범죄가 일어나는 세상인데도
그나마 인간세계가 멸망하지 않고 유지되는 것은
이 세상에는 아름다운 사람들이 더 많기 때문일 것이다.

요즘은 예전에 사귀던 친구들이 그립다.
그래서 가끔씩 연락하여 친구들을 부른다.
집이 시골이라서 마당에 솥단지 하나만 걸면 된다.

남들은 불편하겠다고 하지만 나는 그런 일이 즐겁다.
오늘도 몇몇 지인들을 집으로 불러들였다.
오늘 메뉴는 강원도 속초에서 배달된 토종닭이다.

무게가 2kg 가까이 나가는, 그야말로 놓아먹인 닭이다.
가격도 일반 토종닭보다 3배 가까이 비싸다.
오래 끓였더니 뽀얀 국물이 먹음직하다.

살아보니까 인생이라는 게 별것이 아니다.
아등바등 돈 벌려고 애쓰지 말고
그냥 있는 것 나누어 먹으며 사는 게 좋다.

익모초

야생동물들이 수난을 당하고 있다고 한다.
보호센터에 찾아오는 동물의 85%는 사람들 때문인데,
자연 방사는 30%에 불과하며 나머지 60%는 죽고,
10%는 영원히 불구가 된다고 한다.

뉴스를 듣다가 문득 공초 오상순 선생이 생각났다.
어느 날 공초*가 딸이 죽었다는 부고장을 돌렸다.
이를 받은 지인들은 모두 깜짝 놀랄 수밖에 없었다.
왜냐하면 공초는 평생을 독신으로 지냈기 때문이다.

의아한 생각으로 공초의 집을 찾은 사람들은
방안에 놓인 고양이 시체를 발견했다고 한다.
"딸처럼 기르던 고양이가 죽었으니
어찌 부고장을 보내지 않을 수 있겠느냐?"고.

*공초 : 시인, 수필가. 본명은 오상순.

인동(忍冬)의 다른 이름은 금은화(金銀花)이다.
이는 흰 꽃이 차차 누렇게 변하는 것에서 유래한 것이고,
보통은 인동 혹은 인동초라고 부른다.
겨울에도 줄기가 마르지 않고 추위를 견디어
봄에 다시 새순을 내기 때문에 그러하다.

겨울이 되면 대부분의 식물은 스스로 자취를 감춘다.
그동안 땅 위에서 누렸던 모든 영광을 뒤로한 채,
무성하게 내밀었던 잎을 스스로 떨구고
뿌리만 남겨둔 채 깊은 겨울잠에 빠져
다시 봄이 오면 꽃을 피울 꿈을 꾸는 것이다.

그런데 인동은 왜 줄기가 마르지 않는 것일까?
무슨 미련이 남아서 겨울잠을 청할 수 없는 것일까?
다른 식물들이 추위를 피해 깊은 잠에 빠져들 때도
온몸으로 눈 부릅뜨고 엄동설한을 견뎌내는 강인한 자태,
그것이 이 시대에 우리가 기다리는 진정한 지도자의 모습이다.

일월비비추

나무에 나이테가 있듯이 사람에게도 인생의 나이테가 있다.
어느 누가 혼자서만 고통 없는 무결점의 인생을 살았을까?
원하든 원하지 않든 삶의 고비마다 생겨나는 굴곡진 나이테.
그 고비를 어떻게 이겨내느냐에 따라서 나이테가 달라진다.

어찌 보면 나만 오직 힘겹게 살아온 것 같아도
세상에 고통 없이 사는 사람이 어디에 있으랴.
모두가 말없이 꿋꿋하게 시련을 이겨 나가는데
유독 내게만 아픔이 온다고 생각할 필요는 없다.

길지도 않은 우리의 인생길에서
지나간 과거에만 집착하여 현실을 망각하거나
다가오지도 않은 미래에 대해 미리 걱정할 필요는 없다.
그것은 결국 현실의 행복마저 부정하는 어리석음일 테니까.

그의 고향은 강원도 산골이다.
산을 사랑하여 많은 산을 사들였다.
그리고 그 산에 장뇌삼을 심기 시작했다.
사람들은 그를 엉뚱한 사람이라고 손가락질을 했다.

그는 지금 제주도에 살고 있다.
서울과 제주도를 오가며 사업을 하고 있다.
부업으로 애월 해변에서 장뇌삼 해물 라면을 판다.
그가 개발한 장뇌삼 수프 덕분에 매출이 늘어나고 있다.

그는 북경 여행에서 만난 오랜 친구이다.
혼자 여행을 떠났다가 우연히 만나 친구가 되었다.
그 후 일 년에 두어 번씩 여행을 다니는 사이가 되었다.
작년에는 제주 올레길을 완주하는데 함께 동행해 주었다.

자란초

백수에게도 주말은 있다.
혼자서 어디론가 떠나고 싶지만
일상의 일들은 나를 쉽게 놓아주지 않는다.

살면서 맺은 많은 인연들이
때로는 거추장스러움이 되어
나를 괴롭힌다는 생각이 들기도 한다.

하지만 어찌하겠는가.
나이만큼 늘어난 숱한 인연들 앞에서
감히 도피할 수도 없게 되어버린 것을.

'피할 수 없으면 즐기라.'는 말이 있다.
아무리 거추장스러워도 할 일은 해야 한다.
주말이면 백수의 일은 더욱 바빠진다.

결혼식에 갔다가 고등학교 동창들을 만났다.
오랜만에 만난 얼굴들이라서 반갑기만 하다.
그런데 얼굴색이나 주름살이 예전 같지 않다.
그들을 보니 내 얼굴은 어떨까 걱정이 된다.

어떤 친구는 위암 수술을 하고 이제 겨우 살아났다고 하고,
어떤 친구는 퇴직을 하여 하루 종일 놀고만 지낸다고 하고,
어떤 친구는 퇴직 후 가게를 차렸는데 고생이 많다고 한다.
어쨌든 그들이나 나나 살아가는 모습은 별로 다를 바 없다.

친구들이여 힘을 내시게!
벌써 그리 의기소침하면
앞으로 남은 긴긴 세월을 어찌 버티시겠는가?
요즘은 수명도 늘어 오래 산다고들 하더마는.

자주개자리

아버님이 현충원으로 가시던 날은 날씨가 무척 맑았다.
하늘은 구름 한 점 없이 푸르고 단풍은 그림처럼 고왔다.
장례 모시기 하루 전에 기적적으로 현충원의 연락을 받았다.

6.25의 포성 속에 고막을 잃고 부상당한 아버님은
끝내 공무원 생활을 접으시고 시골로 낙향하셨다.
일제시대에 5년제 중학교를 나오신 총명한 분이셨는데.

그 후에 어머님의 고생은 이루 말할 수 없었으며,
동생들은 가난에 시달렸고 나는 친척집을 오가며 공부했다.
참으로 한스러운 세월이었다.

이제 나도 시골로 이사를 와서 제사를 모시게 되었다.
오늘은 여동생 내외까지 집으로 찾아왔다.
아버님을 생각하며 밤새 옛일을 이야기하고 싶다.

베푸는 정보다 받는 정이 많아서 부담이 된다.
얼마 전 모임이 끝나고 후배가 술 한 잔을 더 하자고 하여
가벼운 마음으로 통닭집에 들러 생맥주를 나누어 마셨는데
나오는 길에 따로 부탁한 통닭을 주며 아내에게 주라고 한다.

그 후배는 몇 년 전에도 단골 술집에 돈을 미리 지불해 놓고
지나는 길에 술 생각나면 부담 없이 마시라고 한 적이 있다.
술집 주인마저 그런 사람은 처음 보았다고 한다.
아, 이런 고마움을 앞으로 어찌 갚을 수 있을까?

몇 달 전에는 어떤 후배가 술 한 잔 사주겠다고 하며
'존경하는 선배님 술 사드리기 운동 1호'로 당첨되었다더니,
내게는 정말 고마운 후배들이 많은 모양이다.
그런데 과연 나는 누구에게 고마운 후배일까?

자주꽃방망이

요즘은 근처 복지관에서 봉사를 한다.
홀로 사시는 노인들에게 도시락을 배달하는 일이다.
일주일에 한 번씩 여섯 분에게 도시락을 배달한다.
물론, 미리 가서 밥도 푸고 반찬 포장까지 해야 한다.

어제는 오랜만에 만난 어떤 분이 묻는다.
"아직도 배달하세요?"
"그럼요, 밥을 굶을 수는 없잖아요."
나는 엉겁결에 대답을 했다.

늙는 것도 서럽고
혼자 지내는 것도 서럽고
몸이 아픈 것도 서러운 노인들이 많다.
그분들에게 한 끼의 도시락은 보약과도 같다.

우리집은 아직도 예전에 사용하던 수동 세탁기를 쓴다.
위에서 세탁물을 넣고 빼는 형태라서 불편하기만 하다.
키 작은 아내는 세탁물을 꺼낼 때 벽돌을 딛어야 한다.
드럼으로 바꿔야 하는데 튼튼하여 고장도 나지 않는다.

그러던 차에 지인이 드럼세탁기를 버리려고 한다.
쓰지 않는 더 좋은 세탁기를 딸이 가져온 것이다.
아내는 그것을 가져오라고 나에게 부탁을 하였다.
언뜻 그 이야기를 들으니 기분이 별로 좋지 않다.

이러다가 중고품만 쓸 것이라고 아내도 불평을 한다.
하지만 나는 물건을 쉽게 버리는 모습이 못마땅하다.
조금 불편해도 고장날 때까지 쓰고 버리지 않는다.
이런 나의 생각은 정말로 비난받아야 하는 것일까?

자주조희풀

내가 자주조희풀을 처음 만난 곳은 백담사 근처였다.
오래전 백담사를 찾았다가 등산로로 접어들었을 때
나무인지 풀인지 모르는 식물이 꽃을 피우고 있었다.

고산(孤山)의 '오우가'에도 그런 표현이 있다.
대나무를 가리켜 '나무도 풀도 아닌 것'이라고 했다.
이것 또한 풀도 아닌 것이 '풀'이라는 이름이 붙었으니
도대체가 풀인지 나무인지 아리송하기만 하다.

아무튼 꽃이 아름답고 그 위에 나비까지 앉아 있으니
그야말로 금상첨화요 화룡점정인 것 같기도 하다.
식물도감에 자주조희풀이라고 했으니 믿어보는 수밖에.

우리 동네는 순대가 전국적으로 유명한 곳이다.
한때는 관광버스들이 일부러 거쳐가는 곳이기도 했다.
지금은 명성이 조금 쇠퇴했지만 아직도 손님은 여전하다.

장날이나 주말에는 거리에 차들이 꽉 들어찬다.
그런데도 유독 사람이 많이 몰리는 집이 있다.
그런 집에는 긴 줄이 식사 때마다 늘어선다.

내가 보기에는 비슷한 맛인데 왜 그런 것일까?
아마도 군중 심리가 아닐까 혼자 생각해 본다.
비슷한 음식이라도 입소문이 중요한 것 같다.

'아니 땐 굴뚝에 연기 나랴?'식의 믿음은 정말 강력하다.
때로는 한 사람을 살리기도 하고 죽이기도 한다.
정보가 넘쳐나는데도 사실 확인은 쉽지 않은 것 같다.

접시꽃

접시꽃을 보면 도종환 시인의 시가 떠오른다.
아내를 잃고, 떠난 아내를 그리워하며 쓴 시이다.

……

아침이면 머리맡에 흔적 없이
빠진 머리카락이 쌓이듯
생명은 당신의 몸을 우수수 빠져나갑니다.
……

논두렁을 덮는 망촛대와 잡풀 가에
넋을 놓고 한참을 앉았다 일어섭니다.*

졸지에 아내를 잃은 그 고통이 어떠했을까?
한 구절 한 구절을 읽을 때마다 눈물이 솟는다.

*도종환, 〈접시꽃 당신〉

말로 인해 말 생기고 말 때문에 말 많으니
말 줄이고 말 삼가면 말도 없을 것이로다.
진실로 말 많은 세상 말을 아껴 살리로다.

제비동자꽃

돈 돈 돈 돈 돈도로 돈돈돈
돈이 그렇게도 좋은 거더냐.
돈 때문에 울고 웃고 돌아버리니
우리 인생 사랑보다 돈이 더 좋아.

돈 돈 돈 돈 돈도로 돈돈돈
돈이 그렇게도 좋은 거더냐.
돈 있으면 밖에 나가 계집질인데
돈 없으면 집에 앉아 빈자떡일세.

돈 돈 돈 돈 돈도로 돈돈돈
돈이 그렇게도 좋은 거더냐.
돈 놓고 돈 먹는 게 인생이라면
우리 인생 생각해도 너무 허무해.

며칠째 비가 내린다.
오늘도 하늘은 흐리다.
이 비 그치면 가을이 오려나?
그렇게 무덥던 여름도 결국 떠나려는가 보다.

가야 할 때가 언제인가를
분명히 알고 가는 이의
뒷모습은 얼마나 아름다운가*

떠나가는 이들이시여!
떠날 때는 말없이 떠나가시라.
깊은 밤, 뚝뚝 송이째 떨어져 버리는
모란처럼 동백처럼 그렇게 미련없이 떠나가시라.

*이형기, 낙화(落花)

조뱅이

해외여행을 할 때는 항상 열쇠고리를 산다.
나라마다 열쇠고리를 팔지 않는 곳이 없고
가격도 저렴하여 모아두면 기념이 되기 때문이다.

그렇게 모인 것을 학교 도서관에 기증했다.
금은방에서 사용하는 진열대를 구입하여
32개국의 국기와 함께 진열하니 그런대로 볼 만하다.

그리고 다시 모은 열쇠고리가 가방 한가득.
이번엔 이 열쇠고리를 어찌해야 할까?
아무래도 집안에 진열장을 하나 놓아야겠다.

가끔은 모든 일이 다 부질없다는 생각이 든다.
먹는 것도 노는 것도 모두 부질없는 짓이라는 생각이다.
그런 생각이 들수록 나는 허망한 생각의 끝에서
그저 허송세월하며 시간만 죽이는 존재라는 느낌이다.

예전처럼 활기찬 일상으로 돌아가기는 어렵지만
아름다웠던 지난날들이 그저 그립기만 하다.
퇴직을 하니 어쩌면 이렇게도 달라지는 것일까?
가끔은 아침부터 무기력감에 빠져 허우적대기도 했다.

하지만 어찌 모든 일이 다 부질없는 일일 것인가?
비록 소소한 일이라 하더라도 가치를 부여해 보자.
부질없다고 생각하는 것은 내 개인적인 생각인 것을,
그렇게 치부하는 것은 또 다른 어리석음이 아니겠는가?

졸방제비꽃

아름다운 소녀 이아는 양치기 소년인 아티스를 사랑했다.
그러나 아티스를 귀여워하던 미의 여신 비너스는
큐피드로 하여금 두 사람에게 각각 화살을 쏘도록 했다.
이아에게는 영원히 사랑이 불붙는 황금 화살을,
아티스에게는 사랑을 잊게 하는 납 화살을 쏘게 했던 것이다.

사랑의 화살을 맞은 이아는 보고 싶은 아티스를 찾았지만
납 화살을 맞은 아티스는 이아를 쳐다보지도 않았다.
이아는 결국 비통한 슬픔을 견디다 못해 울다가 죽고 말았다.
이러한 이아를 본 비너스는 안쓰러운 마음이 생겨
이아를 작은 꽃으로 만들었는데 이것이 제비꽃이라고 한다.

오래 전 지인의 소개로 기타 연주회에 다녀온 적이 있다.
딱 100명만 모시고 평가를 받겠다고 도전한 기타리스트.
그러나 연주회 티켓을 구입한 사람은 21명뿐이었다고 한다.
저녁 식사가 포함된 티켓값 삼만 원이 비싼 탓이었을까?

그는 100명의 관객 중 80% 정도가 티켓을 구입하지 않았으니
연주회에 참석한 사람들에게 모두 저녁을 대접하겠다고 했다.
담담한 목소리로 조심스럽게 이야기하는 그의 말을 들으면서
나는 그가 도전에 실패한 기타리스트가 아니라는 생각이 들었다.

이 춥고 힘든 세상에 그는 많은 사람들에게 연주를 들려주고,
따뜻한 찌개 한 그릇이라도 나누고 싶은 마음이 아니었을까.
앞으로 그는 더욱 기타 연주에 최선을 다할 것이고
다음에는 더욱 아름다운 선율을 들려줄 것이라 확신한다.

좀꿩의다리

시골로 이사를 하니 할 일이 참 많다.
매일같이 일을 해도 일거리는 자꾸 늘어난다.
도대체 무슨 일이 많은가 적어본다.

화단 돌 고르기, 뒤꼍 돌계단 만들기, 돌담 고치기,
벽면 페인트 칠하기, 담장 기와 고치기, 수도 보온하기,
뽕나무 뿌리 제거하기, 장독대 설치하기, 화덕 설치하기 등등.

어찌 이것뿐이겠는가.
하나의 일이 끝나면 또 하나의 일이 생겨날 뿐이다.
시골 일은 아무리 해도 표가 나지 않는다.

하지만 그런 일들이 짜증나지 않는다.
오히려 재미가 있고 보람도 느낀다.
특히 일을 하는 동안에는 모든 잡념이 사라지는 것이다.

변화를 좋아하는 아내 덕분에 이사를 참 많이 다녔다.
그중에서도 유독 한 군데가 기억에 많이 남는다.
그곳은 시내에서 조금 떨어진 곳으로
공기가 맑고 기온도 시내와는 2도 정도 차이가 나는 곳이다.

아침 일찍 잠에서 깨어 산등성이를 타고 오르다가
성불사를 거쳐 내려오는데 30분이면 충분했다.
사찰 앞마당과 산자락에는 많은 들꽃들을 심어놓았는데
매일 같이 그 꽃들을 보는 것도 큰 즐거움이었다.

잎은 나팔꽃과 비슷하나 꽃잎의 크기가 작은 꽃,
이 꽃은 성불사 산신각 앞에 피어 있던 꽃이다.
꽃을 좋아하는 스님들이 곱게 가꾸시던 바로 그 꽃.
때마침 비가 내려 빗방울이 꽃잎을 타고 흘러내리고 있었다.

좀씀바귀

‘좀’이라는 접사는 사물의 규모가 작을 때 쓰는 말이다.
식물에서도 보통 크기가 작을 때 이런 표현을 쓴다.
실제로 좀씀바귀는 씀바귀와 비슷하지만 크기가 매우 작다.

사람들 사이에서도 이런 표현이 종종 사용된다.
‘좀스럽다’가 바로 그것이다.
도량이 좁고 옹졸한 경우에 쓰는 말이다.

사람이나 식물이나 작은 것보다는 큰 것이 좋은 모양이다.
하지만 사람에게는 단순히 크기가 중요한 것이 아니다.
사람에게 요구되는 것은 키가 아니라 도량(度量)인 것이다.

높은 산 정상 부근에서 앙증맞은 좀양지꽃을 만났다.
속세를 피해 산으로 올라와 바위틈에 뿌리를 내린 것이다.
물 한 방울 없는 곳에서 구름과 안개에 기대어 살아가고 있다.
그야말로 본받을 만한 고고하고 도도한 자존심이라고 하겠다.

우리가 사는 세상은 너무나 혼탁하고 어지럽다.
이기심이 팽배하고 권모술수가 판을 친다.
하지만 그런 세상을 탓하고 싶지는 않다.
나도 그들과 함께 그 속에서 살아왔기 때문이다.

그러나 가끔은 나도 다른 삶을 살고 싶다.
번잡한 속세를 피하여 혼자 사는 삶,
누구에게도 의지하지 않고 자연에 기대어 사는 삶,
자연과 더불어 서로 돕고 나누는 그런 삶을 살고 싶다.

좁쌀풀

'토끼전'을 다시 읽어보니 느낌이 새롭다.
토끼가 용궁에서 벗어난 이유는 꾀 때문이 아니라
어수룩한 용왕의 잘못된 판단 때문이라고 생각한다.

만고 충신 별주부는 토끼의 배를 갈라야 한다고 말하지만
용왕이 토끼를 살려 간을 찾아오라고 한 것은 코미디이다.
이때 토끼가 구사한 생존 전략은 '배 째!'라는 전략이다.
배를 째면 토끼가 죽고, 토끼가 죽으면 간을 구할 수 없다.

용왕은 약을 구하지 못할까 봐 충신의 말을 어기고,
토끼는 어처구니 없는 논리로 배를 째라고 협박한다.
세상에는 이런 용왕도 많고 이런 토끼도 많은 것 같다.

어릴 때는 산낙지가 산에서 사는 낙지인 줄 알았다.
고속도로의 노견 없음은 갓길 없음이 아니라
떠돌이 개가 없다 뜻으로 알았고,
고수부지의 고는 '枯'가 아닌 '高'로 알았다.

어디 그뿐이랴?
걸레와 걸래는 물론, 찌개와 찌게를 혼동했으며,
육개장인지 육계장인지도 한참 생각해 봐야 하고,
설렁탕인지 설농탕인지도 잘 몰랐다.

그런데 요즘 젊은이들은 줄임말을 널리 사용하고 있다.
어원을 무시하고 편하게 발음하여 사용하는 것이다.
그래서 나 같은 꼰대는 그 말들이 낯설고 어색하다.
이제는 손을 들고 그러려니 하며 살아야 하는가 보다.

주름잎

세월이 가다 보니 어느새 얼굴에는 많은 주름살이 생겼다.
주름살 사이사이에 피어난 검은 반점도 한두 개가 아니다.
남들은 점이라도 빼라고 하지만 굳이 그러고 싶지는 않다.

이따금 생각지 않았던 친구들에게 전화가 오기도 한다.
한때는 열심히 만나다가 이제는 소식이 뜸해진 친구들.
특별한 소식보다는 안부 정도를 묻는 것이 고작이지만.

많지는 않지만 가끔씩 친구들이 저세상으로 떠나가고,
그들의 빈자리가 무뎌질 때쯤 나도 가기는 가야 할 터.
누구라도 하늘에서 부르면 가야지 도리가 없지 않은가?

그때가 언제인지는 잘 모르지만 열심히 살아야 하겠다.
남들에게 눈물보다는 미소를 전할 수 있었으면 좋겠다.
내가 가진 작은 재주라도 아낌없이 쓰고 가면 좋겠다.

오늘은 중복날이다.
무더위가 절정에 이른 시기인 것이다.
이런 때 노인들은 더욱 기력이 소진된다.
보양식이라도 한 그릇 먹으면 좋을 것이다.

복지관에서는 노인들에게 삼계탕을 대접한다.
물론 돈은 전혀 받지 않는다.
버스를 운행하므로 그냥 버스에 오르면 된다.
오늘 예상되는 소비량은 약 800개 정도라고 한다.

나는 오늘도 독거노인들에게 삼계탕을 배달하러 간다.
일주일에 하루만 하는 봉사지만 마음이 즐겁다.
누구든지 생각이 있는 사람이 있으면 봉사의 길로 나서라.
세상에서 주고 또 주어도 아깝지 않은 것은 이것밖에 없다.

중의무릇

우리집에 찾아오는 고양이 중에 검정고양이가 있다.
다른 고양이들의 접근을 막는 포스가 대단한 놈이다.
아내는 그 고양이에게 정을 붙이기 시작한 모양이다.
매일 같이 밖을 살피고 먹을 것을 준비해 놓는다.
녀석도 매일 일정한 시간에 빠짐없이 들르곤 한다.

가끔은 이러다가 정이 들면 안 되는데 하는 생각이 들다가도
추위 속에서 집까지 찾아오는 녀석을 그냥 내치기는 어렵다.
할 수 없이 녀석이 앉아 쉬는 곳에 두툼한 옷을 깔아주었다.
어느 날인가는 술안주로 먹던 족발을 가지고 온 적도 있다.
어쩌면 나도 녀석의 처량한 눈빛에 깊이 빠져들었는가 보다.

처음에는 검은 고양이 네로가 내가 다가가면 도망을 가더니,
이제는 가까이 가도 눈치를 살피며 도망가려고 하지 않는다.
검은 고양이 네로는 왜 매일 같이 집으로 찾아오는 것일까?
누가 기르는 것일까 아니면 야생으로 혼자 살아가는 것일까?
다음에 또 눈 내리는 날은 발자욱을 따라가 살펴보아야겠다.

쥐꼬리망초

우리말에 '쥐꼬리만하다'라는 표현이 있다.
'매우 보잘것없어 마음에 달갑지 않다'라는 뜻이다.
그처럼 쥐꼬리망초는 작고 볼품이 없다.

해마다 꽃이 수없이 피고 지지만 주목을 받지 못한다.
하지만 그게 무슨 대수인가?
다른 꽃과 비교하지 않으면 아무 문제가 없다.

예쁜 꽃이 따로 있는 것이 아니다.
그것은 인간의 눈으로 바라본 생각일 뿐이다.
쥐꼬리망초를 다른 꽃과 함부로 비교하지 말라.

오늘도 산길에서 쥐꼬리망초를 만났다.
사람들의 눈을 피하여 산속에 숨어서 핀다.
사람들이 눈길을 주지 않아도 그냥 무심히 필 뿐이다.

쥐오줌풀

거실의 등이 갑자기 켜지지 않는다.
드라이버로 뚜껑을 여니 뭔가 복잡한 구조이다.
아무래도 내가 손을 대기에는 어려울 것 같다.

하지만 아내와 둘이 사는데 내가 아니면 누가 손을 보랴.
근처의 전업사에 가니 큰 LED등은 취급하지 않는다고 한다.
하는 수 없이 천안에 나가서 똑같은 LED등을 구입해 왔다.

그리고 땀을 흘리며 조립을 끝낸 뒤 스위치를 켰다.
그 순간 거실이 대낮처럼 환하게 밝아진다.
시골살이 7년 만에 여러가지 일을 경험하게 된다.

처음 겪어보는 일도 한두 가지가 아니다.
하지만 '궁 즉 통'이라더니 해결이 되기는 되는구나.
서투른 시골살이도 이젠 초보 수준은 벗어나는가 보다.

지느러미엉겅퀴

나이가 들다 보니 몸의 이곳저곳이 정상이 아니다.
이빨이 흔들리고 어깨가 시큰거리며 무릎에 통증이 있다.
또한, 양쪽 옆구리가 운동을 하고 나면 쑤시고 결린다.

그러니 운동을 많이 하거나 높은 산에 가는 것은 겁부터 난다.
병원에 가는 일도 귀찮고 다녀와도 신통치가 않다.
그저 나이가 들면 그러려니 하고 잊고 지내기가 십상이다.

남들에게 이야기하면 꾀병을 하는 줄 알고
가족에게 이야기하면 걱정할까 신경이 쓰인다.
이런 남 모를 고민을 하는 사람이 어디 나뿐이겠는가?

지칭개

지칭개는 엉겅퀴와 비슷한데 줄기는 길쭉하고 가시가 없다.
봄이 되면 항상 찾아와 묵밭에 망초와 함께 피는 식물이다.
자리를 가리지 않고 무섭게 번식하는 생명력이 강한 꽃이다.

어쩌면 조상님들의 억척스러운 삶의 태도를 닮은 것도 같다.
척박한 땅에서 사는 일이 사람이나 식물이 다를 수 있을까?
주어진 여건에 만족하고 결과를 수용하는 모습은 마찬가지다.

꽃이라 하기에는 그다지 예쁘지도 않고
그렇다고 줄기나 잎의 생김새도 볼품이 없지만
그것이 결코 식물의 삶에는 중요한 문제가 아닐 것이다.

진범의 본래 이름은 '진교(秦艽)'였다고 한다.
그것을 잘못 표기하여 '진봉(秦芃)'이 되었다는 것이다.
그것을 잘못 읽으면서 '진범(秦凡)'이 되었다는 설도 있다.

우리말에도 띄어쓰기나 단축어 때문에 생기는 혼란이 많다.
대표적인 것이 '아버지 가방에 들어가신다.' 같은 문장이다.
최근에는 국회에서까지 '읽씹' 같은 단축어가 사용되기도 했다.

말은 자신의 생각을 담는 그릇이다.
생각을 잘 전달하려면 그릇도 깨끗이 닦아야 한다.
정갈한 그릇에 담긴 음식에는 숟가락이 더 가는 법이다.

차풀

나의 학창시절은 참 어려운 삶의 연속이었다.
어머님의 악착같은 노력으로 수업료는 마련했지만
객지의 생활은 힘들고 용돈은 늘 부족하기만 했다.

큰이모님 댁에서 생활할 때는 더욱 그러하였다.
형편이 어려워서 겨울에는 방을 하나만 사용했는데
작은 방에 연탄난로를 놓고 다섯 식구가 잠을 잤다.

이모님은 밤새 삯바느질을 하며 나를 기다리셨고
나는 집에 오기가 싫어서 잠잘 때만 들어왔다.
어느 날은 세차장에서 혹은 양복점에서 자기도 했다.

대학에 합격했을 때 이종형님은 양복을 마련해 주셨다.
그 돈은 아마도 몇 개월의 할부금으로 마련했을 것이다.
하지만 이모님이 돌아가셨으니 그 은혜를 어찌할 것인가?

예전에 같이 근무하던 동료의 딸 결혼식에 다녀왔다.
요즘에는 자녀들이 결혼을 원치 않아 부모를 애태우는데
과년한 딸을 시집보내니 서운하지만 시원하기도 할 것이다.

요즘은 집집마다 미혼 자녀들이 한두 명은 있는 것 같다.
중신제도가 사라졌으니 결혼은 온전히 그들에게 맡겨야 한다.
하지만 결혼하려는 기색이 없으니 부모들의 마음만 타들어간다.

우리집에도 그런 녀석이 하나 있으니 남의 일이 아니다.
이따끔 집에 올 때 눈치를 보아도 결혼 이야기는 없다.
도대체 언제까지 기다려야 하는 것인지 답답하기만 하다.

참꽃마리

'노무현 평전'을 읽어보니 나와 비슷한 점이 많다.
이상적인 아버지와 강인한 어머니가 나와 비슷하고
시골 초등학교를 수석으로 졸업한 일도 나와 같다.

글짓기 백지동맹은 내가 보충수업을 거부한 것과 같고
고시 합격은 독학으로 국영기업에 합격한 것과 같다.
또한 도시의 상업고등학교에 다니던 것도 나와 같다.

독재권력에 맞선 것은 유신에 맞선 단식투쟁과 같고
불의에 맞서며 영원한 촌놈으로 산 것도 나와 닮았다.
어쩌면 그것은 동시대를 살아가는 비슷한 삶이 아닐까?

하지만 내가 어찌 나의 삶을 그의 삶에 빗댈 수 있으랴.
무릇 그의 삶이 젊은 시절 내 삶의 방향을 알려 주었고
그를 닮아 보고자 하다가 비슷한 길을 걷게 된 것 같다.

아침 산책길에 근처 동네에 사시는 할머니를 만났다.
1km가 넘는 먼 길을 걸어 마실 물을 떠 온다고 했다.
힘에 부쳐 길바닥에 앉아 쉬고 있는 모습이 안쓰럽다.
이렇게 일주일에 한 번 꼭 물을 떠 와야 한다는 것이다.

그 할머니는 내가 전에 도시락을 배달해 드리던 분이시다.
평소 보건소에 약을 타러 가는 길이 너무 멀다고 하셨는데
이렇게 물을 떠 오는 일도 너무나 힘에 부치는 일이었구나!
지팡이를 짚고 물이 담긴 카트를 끄는 모습이 마음에 찡하다.

가끔씩 자식들이 집에 오면 물을 떠다 준다고는 하는데
그들이 이런 모습을 보고 얼마나 마음 아파했는지 모르겠다.
시골살이라는 게 항상 몸을 쓰지 않으면 살아가기가 어렵다.
내가 할머니에게 어떤 도움을 드려야 할까 몹시 고민이 된다.

참당귀

또 벌에 쏘였다.
지난번 벌에 쏘였던 바로 그 자리에서다.
이번에는 왼손인데 세 방을 쏘였다.
따끔하여 손을 털었는데 이미 늦었다.

급한대로 물파스를 바르고 다시 나가보니
명자나무 가지 위에 벌집이 있다.
그냥 내버려둘까 생각도 했지만
풀을 뽑으려면 어쩔 수 없이 제거해야 할 것이다.

벌에 쏘인 것이야 며칠 뒤면 가라앉겠지만
벌집을 제거하는 일이 공연히 미안하다.
그곳에 집을 지은 벌을 탓할 수는 없다.
문제는 내가 그들을 위협한 데 있기 때문이다.

가끔씩 아내와 입씨름을 한다.
그 원인은 지극히 사소한 것들이다.
그중에 가장 많은 것은 말로 인한 것이다.
본질은 배려심의 부족에서 오는 것이 대부분이다.

입씨름의 결과는 늘 내가 패배자이다.
아내의 목소리가 커질수록 내 목소리는 점점 작아진다.
급기야 아내의 논리성이 떨어졌을 때 나는 입을 닫아버린다.
아내가 이겼지만 사실은 내가 이긴 것이다.

내가 나이를 먹은 것처럼 아내도 나이를 먹었다.
내 몸이 아픈 것처럼 아내도 움직이기가 귀찮은 것이다.
아내는 사소한 일도 도와주지 않는다고 자주 투정을 한다.
아내에 대한 배려심만이 유일한 해결책이라는 생각이 든다.

참배암차즈기

꽃의 생김새도 참 다양하다.
참배암차즈기 꽃의 생긴 모양은 배암을 닮았다.
특히나 수술의 모양이 배암 혀의 날름거림을 꼭 닮았다.
어쩌면 이렇게도 비슷하단 말인가?

내가 이 꽃을 한택식물원에서 처음 보았을 때
그 생김새가 하도 신기하여 오랫동안 자리를 뜨지 못했다.
꽃의 생김새와 이름이 딱 들어맞지 않는가!
조물주의 능력은 인간으로서는 감히 상상할 수 없다.

아무리 위대한 조각가가 세계적인 작품을 만든다고 해도
어찌 조물주가 만든 신비한 자연을 따라갈 수 있으랴.
참배암차즈기 꽃 앞에서 발걸음을 멈추고
자연 앞에 초라한 나 자신을 발견하게 된다.

"할 수 있다!"

이 말은 리우올림픽에서 박상영 선수가 한 말이다.

10대 14로 지고 있을 때, 그는 이렇게 외치고 있었다.

단 1점만 더 내주면 지게 되는 절박한 상황에서다.

"할 수 있다!"

이 말은 그의 정신을 일깨우고 급기야 동점을 만든다.

그리고 15대 14로 승리하는 순간 내 눈을 의심하였다.

기적이 일어난 것이다.

"할 수 있다!"

박상영 선수의 말은 이제 사람들의 유행어가 되었다.

'궁 즉 통'이요, '지성이면 감천'이라는 말이 있다.

최선을 다하면 신의 선물이 기다리는 법이다.

채송화

아빠하고 나하고 만든 꽃밭에
채송화도 봉숭아도 한창입니다.
아빠가 매어놓은 새끼줄 따라
나팔꽃도 어울리게 피었습니다.*

우리들이 어린 시절 부르던 동요입니다.
그런데, 노랫말은 그대로인데
그 많던 채송화와 봉숭아는 다 어디로 갔을까요?
채송화의 기억과 함께 추억도 점점 희미해져 갑니다.

*어효선, 꽃밭에서

존재하는 모든 것들이 사라진다는 것을 알면서도
우리는 항상 모든 것이 영원하다고 생각하며 산다.
그런 생각이 상실감을 덜 느껴서 다행인지도 모른다.

사랑하던 부모님을 비롯하여 가족들도 세상을 떠나고
다정했던 친구, 정다운 이웃들과도 이별을 해야 한다.
급기야는 산과 들에 핀 풀꽃과도 안녕을 고해야 한다.

그것은 우리 모두에게 지워진 숙명이니 어쩔 수 없는 일.
빈손으로 왔다가 빈손으로 가는 것이니 억울할 것도 없다.
그저 남은 날들을 소중하게 여기며 알차게 살아가야 할 뿐.

천남성

한 그루의 나무가 있었습니다.
덩치가 크고 가지가 우거져 많은 새들이 둥지를 틀었고
지나가던 새들도 찾아와 잠시 쉬어가곤 했습니다.
나무는 날마다 행복했습니다.

눈을 뜨면 참새들이 찾아와 재잘거리며 잠을 깨우고
낮이면 까치들이 찾아와 즐거운 소식을 전해주었으며
밤이 되면 가지마다 많은 새들이 잠을 자러 찾았습니다.
나무는 세상에 부러운 것이 없었습니다.

그러나 이제 나무도 나이테가 늘어났습니다.
울창하게 우거졌던 가지도 말라 비틀어지고
초라해진 나무에는 더 이상 새들이 찾아오지 않습니다.
나무는 서서히 말을 잃어 갔습니다.

꽃 이름에는 숫자가 붙은 것이 많다.
백리향, 천리향, 만리향 등은 향기가 멀리 가는 꽃이며
백일홍, 천일홍 등은 꽃이 오래 가는 것들이다.
천일홍은 꽃이 천 일을 간다니 정말 대단하다.

그러나 모든 꽃은 결국 다 지고 만다.
한때는 화려한 자태로 벌과 나비를 유혹하지만
일단 씨앗을 맺으면 꽃은 떨어져 버린다.
꽃은 단순히 씨앗을 맺는 도구였을 뿐이다.

인간도 이와 다를 바가 없다.
젊은 시절에는 굳이 치장하지 않아도 아름답지만
결혼하고 자식을 낳고 나면 젊음은 사라져 버린다.
세상의 누가 이 엄연한 자연의 이치를 거스를 수 있으리오.

초롱꽃

꽃이 아름다운 것은 향기가 있기 때문이고
사람이 아름다운 것은 사랑이 있기 때문이다.

꽃에 향기가 있어 벌 나비가 모여들듯이
사람은 사랑이 있어 외롭지 않은 것이다.

지인에게서 임종 체험을 해보라는 권유를 받았다.
순간 나는 깜짝 놀라 대답을 하기가 망설여졌다.
'설마 관 속에 들어갔다 나오라는 것은 아니겠지?'
나는 그동안 나의 삶이 영원하리라고 생각한 모양이다.

임종 체험은 가상으로 임종을 체험하는 것이라고 한다.
강의를 듣고 죽음에 앞서 유서도 미리 써본다고 한다.
과연 내가 쓰는 유서는 어떤 내용을 담고 있을까?
아마도 사람들과의 이별에 대한 아쉬움이 가장 클 것이다.

사랑하는 가족과 친구 그리고 모든 사람들과의 이별이다.
다시는 만날 수도 없고 또한 이야기를 나눌 수도 없다.
그렇다면 미리 유서를 써보는 것도 나쁘지는 않을 것 같다.
아쉬움과 미련을 남기지 않으려면 어떻게 살아야 할까?

층층이꽃

내 친구 장재봉은 아직도 창원에 살고 있을까?
그는 고등학교 친구인데 멀리 경상도에서 유학을 왔고,
나 또한 청양에서 대전까지 유학을 온 시골 촌놈이었다.
그는 자취를 했고, 그의 집은 은밀한 우리들의 소굴이었다.

그가 학교를 졸업 후, 나는 문득 그의 주소를 기억해 내었는데,
그의 고향집 주소는 경남 함양군 서상면 중남리 2구 복동부락.
나는 그곳 이장님에게 전화를 걸어 그의 소식을 들을 수 있었고
소식을 들은 뒤 급기야 그가 산다는 창원으로 찾아간 적이 있다.

돌아오는 길에 오십령고개 근처 그의 고향이 너무도 아름다워
혹시나 은퇴한 뒤에 거기서 살아볼까 하고 들르기도 했었다.
그 마을을 지나면서 찍은 것이 바로 이 사진이 아니던가.
"이보시게 재봉이, 지금도 잘 지내고 계시는가?"

스피드 스케이팅 남자 1만m는 빙상의 마라톤이다.
뛰고 나면 다리에 경련이 오고 심하면 탈진도 한다.
경기 직후 몸무게가 2~3kg 빠지는 경우도 있다고 한다.
그래서 출전권을 따고도 포기하는 경우가 많다는 것이다.

그러나 이승훈은 다른 경기가 많음에도 포기하지 않았다.
오히려 1,500m의 출전권을 후배에게 양보하고 참여하였다.
이날 1만m에 참여한 아시아 선수로는 이승훈이 유일하다.
그의 출전 이유는 1만m의 명맥을 잇는 책임감 때문이다.

그는 어린 빙상 꿈나무들이 희망을 갖고 도전하기를 바랐다.
그래서 '내가 포기하면 한국의 1만m는 사라진다.'고 말했다.
그는 30의 나이로 올림픽에서 기록을 경신하고 4위를 했다.
그의 기록이 어떤 금메달보다도 값진 진정한 이유이다.

칡꽃

취직을 한 자식들이 생일이나 명절 때마다 용돈을 준다.
처음에는 받기가 쑥스럽더니 이제는 그러려니 하고 받는다.
가끔 용돈이 늘어나기도 하는데 그것은 승진의 증거이리라.

처음 받은 용돈은 집어넣기가 민망하여 식탁 위에 놓았는데
순식간에 아내가 "대신 잘 쓰겠다."고 낼름 가져가버렸다.
한 푼 만져보지도 못했기에 다음부터는 절대 뺏기지 않는다.

그렇게 모은 돈을 큰아들 신혼여행 갈 때 경비로 내놓았다.
자식들이 주는 돈을 그냥 써버리기가 거북했기 때문이다.
아직까지는 자식들에게 용돈을 받는 일이 익숙하지 않다.

내가 사는 시골의 재래시장은 먹을 것이 많다.
호떡, 옥수수, 도너츠, 땅콩, 배추꼬랑지 등이다.
그중에서 나는 옛날 과자를 좋아한다.
셈뻬, 오꼬시, 번데기과자, 보리건빵 등등.

가끔씩 사 가지고 모임에 가면 모두가 환영이다.
구하기 어려운 것을 사 왔다고 마구 우겨넣는다.
그런데 그것을 집으로 가져가면 문제가 달라진다.
어제도 도너츠를 사 가지고 가서 핀잔을 들었다.

아무래도 값싼 과자 나부랭이를 사 온 때문이리라.
만일 유명 제과점 빵이었다면 그때도 핀잔을 할까?
그러면서도 도너츠 하나를 순식간에 해치우고 만다.
다음부터는 밖에서만 몰래 사 먹고 들어가야 하겠다.

코스모스

코스모스는 가을꽃의 대명사이다.
여름부터 피기 시작하여 가을 내내 핀다.
척박한 곳에서도 잘 자라며 장소도 가리지 않는다.

그 모습을 가만히 바라보면 애잔한 느낌이 든다.
바람에 살랑거리는 모습은 안타까움을 더한다.
그래서 꽃말이 '소녀의 순정'일까?

원산지는 미국 남부와 중앙아메리카라는데
오래 전부터 우리 땅에 핀 꽃이라서 낯설지가 않다.
타향도 정이 들면 고향이라더니……

평균 수명이 늘어나 앞으로는 100세까지 산다고 한다.
한편 희망이 생기기도 하고 한편 걱정이 되기도 한다.
하지만 걱정보다는 희망이 더 나은 것이 아니겠느냐.
그래서 용기를 내어 다시 일자리를 찾아보기로 했다.

그것은 나이 제한이 풀린 KOICA에 다시 지원하는 일이다.
우즈벡에 있다가 코로나로 귀국한 일이 너무나 아쉬웠다.
그 뒤로 몇 년 쉬다 보니 자격 조건까지 바뀌었다.
다시 공부해 자격을 얻고 서류와 면접까지 통과했다.

그런데 최종 신체검사 결과가 발목을 잡았다.
생각지도 않았던 담낭 결석이 있다는 것이다.
안타깝지만 눈물을 머금고 포기할 수밖에 없었다.
아직도 충분히 일할 수 있는데 할 일이 정말 없구나!

큰괭이밥

아침부터 우리집에는 클래식이 울려퍼진다.
아내가 라디오를 켜고 식사를 준비하기 때문이다.
나는 주방 옆 테이블에서 컴퓨터 작업을 한다.

나는 책상에 앉으면 정신을 집중하는 편이다.
주위는 조용해야 하며 아무도 간섭해서는 안 된다.
그래서 라디오를 끄면 "왜 껐느냐!"고 아내가 핀잔을 한다.

나는 집중력이 대단한 편이다.
한번 집중하면 모든 것을 잊고 일에 몰두하는 것이다.
그래서 라디오 소리가 귀에 거슬린다.

라디오에서는 이재후의 '출발 FM과 함께'가 나온다.
나는 다시 귀를 닫고 하던 일에 몰두한다.
어느새 내 귀에는 라디오 소리가 들리지 않는다.

여행에서 돌아오니 고양이 세 마리가 한꺼번에 없어졌다.
애옹이와 까미, 그리고 꼬맹이가 동시에 죽었다는 것이다.
처음에 까미의 시체가 소나무 밑에서 발견되었다고 한다.
그 후 애옹이와 꼬맹이도 전혀 보이지 않는다는 것이다.

애초에 애옹이는 지독한 바이러스에 감염되어 있었다.
그 상태에서 까미와 꼬맹이를 낳아 기른 것이다.
그러니 까미와 꼬맹이도 건강이 온전할 리가 없다.
그래도 잘 커주었는데 참으로 안타까운 일이다.

우리 집에 오다가 나타나지 않는 들냥이는 많다.
들냥이가 어느날부터 나타나지 않으면 죽은 것이다.
하지만 이렇게 한꺼번에 나타나지 않는 경우는 드물다.
하찮은 미물이라 하지만 마음 한 구석이 허전하기만 하다.

큰꽃으아리

요즘 아내가 잠을 잘 이루지 못한다.
새벽에도 아내는 거실에서 밤을 새워 수를 놓고 있었다.
작은놈이 결혼할 생각이 없으니 걱정이 될 법도 하다.

그러면서 "당신은 걱정이 안 되냐?"고 한다.
나는 "잠을 안 잔다고 무슨 수가 생기느냐?"고 응수한다.
하지만 아내는 내가 얼마나 걱정이 많은가를 모른다.

그동안 아이들 취직과 결혼 때문에 얼마나 걱정을 했던가.
아내 모르게 불면의 밤을 보낸 적도 많다.
하지만 그것이 어디 부모 마음대로 되는 일이던가?

부모 마음은 누구나 다를 수가 없다.
그동안 작은놈이 취업이 안 되어 고생하고 있는데
결혼까지 안 하겠다고 하니 문제는 문제로다.

갈비탕에 들어있는 갈비를 뜯다가 문득 뽀공이가 생각난다.
예전 같으면 빤히 바라보고 있을 뽀공이 생각에 마음이 아프다.
그러면 살점이라도 남겨서 신문지를 펴고 나누어 주었을 텐데
이제는 갈비뼈에 붙은 살점을 남길 필요조차 없어졌구나.

천안에서 목천으로 오는 양지바른 산에 잠들어 있는 뽀공이.
너에게도 영혼이 있다면 꿈에라도 한번 나타나 주렴.
못난 주인 만나서 고생만 하다 죽은 뽀공이 생각에
엄마는 너를 닮은 강아지 인형을 만들어 출입문에 놓았단다.

세월이 흘러 갈비탕 먹을 때도 네가 생각나지 않았으면 좋겠다.
아니, 당분간은 갈비탕을 먹지 않는 게 더 좋을 것 같다.
네 생각에 내 마음이 아프듯이 너 또한 마음이 아플 테니까.
오늘따라 음악은 슬프고 커피 맛은 온통 쓰기만 하다.

큰산꼬리풀

崇禎紀元後四辛亥二月十五日
(숭정 기원후 4 신해 2월 15일)
이것은 우리집 상량문의 내용이다.

숭정은 명나라 마지막 황제인 의종의 연호이다.
그리고 '기원 후'이니 명나라가 망한 후이다.
또한, '기원 후 4 신해'는 4번째 신해년이다.

이렇게 계산하면 우리집은 1851년에 지어진 집이다.
이제 집수리도 끝나서 상량문은 천장 속으로 사라졌다.
상량문은 또 언제쯤 우리들 앞에 나타나게 될까?

외출을 할 때면 꼭 챙기는 물건이 있다.
지갑, 자동차 키, 휴대폰, 볼펜이 그것이다.
어제도 오늘도 항상 내 호주머니를 채운다.

지갑에는 건망증을 대신해 줄 메모지가 들어있고
휴대폰에는 기억을 못 하는 전화번호들이 들어있다.
볼펜 또한 부족한 기억력을 보완하기 위한 물건이다.

어느새 나이가 고희(古稀)를 지나다 보니
눈은 침침하여 돋보기 돗수는 높아지고
무릎 연골이 닳아서 무릎조차 꿇지 못한다.

큰애기나리

태풍의 이름은 태풍의 영향을 받는 14개국이 제출한 명칭이다.
나라마다 10개의 이름을 제출하여 이를 순차적으로 사용한다.
총 140개의 이름을 다 사용하면 처음부터 반복 사용하게 된다.
이번의 태풍 '종달이'는 북한이 지은 이름이라고 알려져 있다.

물론 태풍 이름에는 우리나라가 제출한 이름도 들어있다.
개미, 제비, 나리, 너구리, 장미, 개나리, 미리내 등이다.
큰 피해를 입힌 태풍은 재사용하지 않고 폐기된다고 한다.
이는 태풍 피해국이 요청하며 다른 이름으로 교체된다.

태풍의 이름은 대국민 공모전을 통해 제안받기도 한다.
공모된 이름은 발음이 쉽고 기억하기 쉬운 것을 선호한다.
대개의 명칭은 자연 현상이나 동물의 이름이 많다.
그리고 발음하기 쉬운 2~3음절이 주로 선택된다고 한다.

山僧貪月色　　산중의 스님이 달빛을 탐하여
井汲一瓶中　　호리병 속에 달을 함께 길었네.
到寺方應覺　　절에 돌아가면 깨닫게 될 것을
瓶傾月亦空　병을 기울여도 달이 없다는 것을.

이 시는 이규보가 지은 〈詠井中月〉이다.
인생은 '공수래 공수거(空手來 空手去)인데
나는 오늘도 부질없이 달을 탐하고 있구나!

큰엉겅퀴

12·12 내란 사건의 충격이 기억에서 잊혀질 때쯤
이태원 참사의 끔찍한 상처가 채 아물기도 전에
무안공항 사고가 일어나고 말았다.
이제 국민들은 고통의 트라우마에서 벗어날 수가 없다.

오죽해야 국민들은 이렇게 외친다.
"이게 나라냐?"
그럼에도 정치권은 서로 이해득실을 따지기에 급하다.
국민들은 그들의 두꺼운 얼굴과 가벼운 입술에서 절망한다.

오늘은 2025년 새해 아침이다.
햇살이 벌써 뜨락에 가득한데도 전혀 기쁘지 않다.
먼저 비행기 사고로 고인이 되신 분들의 명복을 빈다.
그리고 이 땅의 모든 생명들에게 평화가 깃들기를 기원한다.

어제 오후 가까운 지인에게서 전화가 왔다.
실수로 내 차에 접촉사고를 냈다는 것이다.
주차장으로 가보니 운전석 쪽에 깊은 상처가 있다.
이야기를 나누고 각각 보험회사에 연락을 취했다.

지인은 내 차 옆자리에 주차했다가 나가는 중이었다고 한다.
그런데 후진하는 차가 있어 급하게 핸들을 꺾었다는 것이다.
아차 했을 때는 이미 늦었고, 후진하던 차는 가버리고 말았다.
지나가던 택시 운전사는 가해 차량 과실 100%라고 말한다.

보험회사 직원이 나와서 조사를 하고 갔다.
렌터카 직원은 새 차를 몰고 와서 건네준다.
얼떨결에 일어난 일이라 정신이 하나도 없다.
세상은 참 편해졌지만 나는 몹시 불편하다.

타래붓꽃

누가 낙엽을 태우면서 갓 볶아낸 커피 향을 느낀다고 했는가?
매일 같이 계속해서 떨어지는 정원의 나뭇잎을 모아 태우면서
나는 이효석 선생의 그 말씀을 떠올리며 실소를 금할 수 없다.

치우고 치워도 아침만 되면 마당에 수북히 떨어져 내린 낙엽.
낙엽에 불을 지피면 그 냄새가 옷에 스며들어 가시지 않는다.
어디 그뿐이랴, 연기를 쐬면 콧속에 시커먼 먼지만 가득하다.

 당시 엄청나게 비쌌던 커피를 마시던 분은 낭만이었겠지만
실제로 매일 낙엽을 태우는 사람은 현실적인 고통일 뿐이다.
더구나 그 시대는 일본에게 나라를 빼앗긴 때가 아니었던가?

내가 존경하는 인물 중 한 분은 도산 안창호 선생이다.
그분은 일제치하를 치열하게 살아온 교육자요 사상가다.
젊은 시절에 그분의 전기를 읽으면서 큰 감명을 받았다.
특히 쾌재정 연설의 '주인정신'은 큰 귀감이 되었다.

주인정신은 언제 어디서나 내가 주인이라는 의식이다.
그것은 무슨 일을 하든 내가 주인이라고 믿는 것이다.
그런 정신이라면 책임감을 가지고 일을 할 수가 있다.
그런 마음으로 일을 하면 일이 즐거우며 힘들지 않다.

그렇게 살자니 아무 때나 나선다고 핀잔을 듣기도 한다.
하지만 어디에서든 주동적이고 적극적으로 일하게 된다.
나와 관련된 일은 내 스스로 방치할 수가 없기 때문이다.
그것은 내가 속한 집단이나 국가에 대해서도 마찬가지다.

털동자꽃

문득 팥죽이 먹고 싶다.
어머니가 만들어 주시던 팥죽을 먹고 싶다.
자줏빛 팥죽 속에 감춰진 새알심도 먹고 싶다.

그것은 아들을 향한 어머님의 붉은 사랑.
새알심을 먹을 때마다 혓바닥을 데인 것은
어머님의 자식 사랑이 너무 뜨거웠기 때문이 아닐까?

중앙시장 한 모퉁이의 노점상 앞을 지나다가
커다란 가마솥에서 펄펄 끓는 팥죽을 보면서
문득 어머님이 끓여주시던 팥죽이 생각난다.

털머위는 내륙지방에서는 거의 볼 수가 없다.
하지만 제주도에 가면 흔히 볼 수 있는 꽃이다.
겨울에도 심심치 않게 꽃이 피어 보기에도 좋다.

생김새는 머위를 닮았지만 잎이 둥글고 억세게 생겼다.
그래서 식용보다는 주로 약재로 사용하는 식물이다.
야생으로도 볼 수 있지만 정원을 꾸미기에도 좋다.

꽃은 노란색으로 자칫하면 곰취와 착각을 할 수도 있다.
요즘 기온이 너무 높아져 겨울에도 그렇게 춥지가 않다.
언젠가는 내륙에서도 털머위가 자랄런지도 모를 일이다.

털여뀌

가끔은 바보 아닌 바보가 될 때가 있다.
빨간 신호등 앞에서 기다리고 있는데
앞의 차량들이 슬금슬금 다 지나가고
혼자서 맥없이 파란불을 기다리고 있을 때.

흰 선으로 칠해진 유턴 지점의 제일 앞에서
신호판의 좌회전 신호를 기다리고 있는데
뒤에 있던 차들이 노란선을 넘어 유턴을 하고
결국 내 차가 제일 꼴찌로 가게 될 때.

어제도 신호등 앞에서 그런 일을 당하고(?)
급기야 그런 생각으로 유턴 지점을 놓치고
그 때문에 먼 길을 한참이나 돌아 내려오면서
정말 내가 바보가 아닌가 하는 생각이 들었다.

한강 작가의 〈소년이 온다〉를 읽었다.
아내가 읽다가 도저히 못 읽겠다던 그 책이다.
나는 숨도 쉬지 못하고 끝까지 읽어 나갔다.
알 수 없는 뜨거운 기운이 머리끝까지 솟아오른다.

그것은 분명 분노, 슬픔을 넘어선 분노였다.
인간이 어찌 인간에게 이럴 수가 있는가?
그들은 사람이 아니라 짐승이다.
아니, 짐승보다 못한 악마다.

그런 일이 요즘 또 일어났다.
국민들이 평화롭게 잠자고 있던 깊은 밤이다.
그는 자신을 뽑아준 국민들에게 총부리를 겨눈 것이다.
그의 행위는 역사의 오점으로 영원히 기억될 것이다.

털중나리

올해는 산에 간 적이 별로 없는 것 같다.
작년까지만 해도 집 근처 모든 산을 쏘다녔는데
어쩐 일인지 올해는 산에 가는 매력을 잊어버리고 살았다.

작년 가을에는 매봉산을 자주 찾았다.
길 옆에는 곳곳에 밤나무가 있어서 알밤을 줍곤 했다.
보통 한 번 올라가다가 10개 정도는 주워서 까먹으며 다녔다.
그래서 아무도 없는 산책길을 혼자 걸으면서도 심심하지 않았다.

올해에도 벌써 밤나무에는 밤송이들이 여물어 가고 있다.
앞으로 한 달 뒤에는 다시 알밤이 떨어질 것이다.
그때쯤이면 다시 매봉산을 찾게 될까?

어느 날 이름도 가물가물한 제자에게서 연락이 왔다.
안부를 물은 뒤에 다짜고짜로 잘못을 용서해 달라고 했다.
학창 시절에 부득이 내게 거짓말을 했다는 것이다.
세월이 지나도 한참이나 지났는데 그는 왜 그랬을까?

그는 자녀의 방학숙제를 돌봐주고 있었다는 것이다.
그런데 공교롭게도 교재 내용이 거짓말에 관한 내용이었다.
그는 과거의 거짓말을 떠올리고 용서받고자 전화를 한 것이었다.
자녀를 잘 가르치기 위해서 지금이라도 용서를 구한다고 했다.

나는 어처구니가 없었으나 그의 아름다운 마음에 감사했다.
세상이 아무리 어지러워도 마음 속의 진실은 숨길 수 없다.
늦게라도 잘못을 깨달았다면 용서를 구하면 될 일이다.
그의 말을 들으면서 나는 나의 거짓말을 찾아보기 시작했다.

털진득찰

새벽부터 주방에서 딸그락거리는 소리가 들린다.
숟가락과 그릇이 부딪치는 소리인 듯하다.
그것은 양념장을 만드는 소리가 아니던가?
오늘 아침 메뉴는 시금치 무침이 분명하다.

그동안 아내는 주방에서 얼마나 많은 시간을 보냈을까?
365일에 3을 곱하고 다시 40을 곱하면
우~아! 장장 4만 번이 넘는구나.
그동안 내가 그렇게 많이 밥을 얻어먹었던가!

이젠 밥 짓는 일이 지겹기도 할 텐데
오늘도 식구들을 위해 경건하게 일찍 일어나서
졸린 눈을 비벼가며 차가운 물에 손을 담그는구나.
아내여, 그대는 참 위대하도다!

병원에서 건강 진단 문진표가 배달되어 왔다.
그런데 봉투에 뭔가 딱딱한 물건이 들어있다.
의아하여 꺼내보니 둥그렇고 작은 채변통이다.

문득, 어린 시절 채변봉투를 가져오라고 할 때,
냄새가 싫어서 껌을 넣었던 어떤 친구 생각이 난다.
물론 그 친구는 나중에 발각되어 크게 꾸지람을 받았지만.

예전에는 몸에 기생충이 많아서 수시로 채변검사를 했지만,
지금은 채변검사를 통하여 암 진단까지 한다니 놀라울 뿐이다.
먹고 배출한 것만 보고서 그 사람의 병명을 진단한다니 말이다.

그러나 과학이 발달해도 뇌물 먹는 병은 고쳐지지 않는다.
틈만 나면 여기저기서 꿀꺽꿀꺽 삼켜대도 찾아내기가 어렵다.
도대체 그 고질병은 언제쯤 우리 사회에서 사라질런지 모르겠다.

투구꽃

모처럼 결혼식 초대장이 왔다.
그런데 결혼식 장소가 너무나 멀다.
선뜻 참석할 마음이 생기지가 않는다.

하지만, 우리의 고유한 풍속이니 안 찾아갈 수가 없다.
혹여 안 갔다가 나중에 만나면 그 민망함을 어찌할 것인가.
사정이야 어떻든 상대방은 안 왔다고 원망하지 않겠는가?

그러나 요즘은 결혼식 초대장도 뜸해지고 있다.
비혼 추세이기도 하거니와 자녀들도 거의 결혼을 했다.
앞으로 결혼식에 몇 번을 더 참석하랴.

그러니 고마운 마음으로 참석해야 하겠다.
그리고 새로운 출발을 마음껏 축복해야 할 것이다.
인생은 짧지만 참 아름다운 것이다.

중학교 때 〈합격생〉이라는 잡지가 있었다
그 잡지의 펜팔란에서 한 친구를 사귀게 되었다.
그는 도시도 시골도 아닌 중소도시에 사는,
나와는 멀리 떨어진 곳에 사는 남학생이었다.

전남 나주군 영산포읍 중앙동 309번지 김윤택.
지금껏 내가 기억하고 있는 그의 주소와 이름이다.
우리는 약 3년 동안 편지를 주고 받았는데
대학입시 준비를 하느라 연락이 두절되었다.

그리고 또 얼마의 시간이 지난 후
그 주소로 편지 한 통을 보냈으나 답장이 없었고
그것으로 우리의 인연은 끊어지고 말았다.
나와 갑장인 그는 지금 어디에서 살고 있을까?

파리풀

올해 겨울처럼 눈이 자주 내린 적이 있었을까?
며칠 동안 펑펑 눈이 내려 모든 것을 덮어주었다.
거둘 것은 다 거두고 지저분한 것들만 남은 앙상한 땅 위로
눈은 사정없이 퍼붓고 모든 가련한 것들을 덮어주었다.

눈을 치우려고 하니 아내는 '필요한 곳만 치우라.'고 한다.
가만히 생각하니 눈 덮인 시골풍경이 아름답기도 하거니와
감추어져 있는 것들을 굳이 들추어낼 필요는 없을 것이다.
가끔은 드러내고 싶지 않은 것들을 덮어두는 것도 좋을 테니까.

살아가면서 본의 아니게 저지른 잘못된 일들이 많다.
그런 일들은 두고두고 마음에 쌓이는 빚이 된다.
하지만 언제까지 그런 잘못을 감추어 둘 수 있을까?
다시 해가 나서 눈이 녹으면 만천하에 드러나고 말 것인데.

패랭이꽃은 패랭이의 이름을 따서 붙인 이름이다.
패랭이는 조선시대에 양민이나 천민들이 쓰던 모자다.
대나무를 가늘게 쪼개 엮은 것으로 상놈갓, 천출관이라 부른다.
이 모자는 주로 보부상이나 역졸들이 사용했다고 알려져 있다.
그중에서 보부상들은 모자에 목화솜을 달고 다녔다고 한다.

천민들은 흑립을 쓴 양반 앞에서 패랭이를 벗고 절을 했다.
오늘날 어른 앞에서 모자를 벗고 정중히 인사하는 것과 같다.
동학농민운동의 요구사항 중 하나가 패랭이를 없애는 것이었다.
그 후 갑오개혁을 거쳐 일제 강점기 이후에 사라져버렸다.
패랭이와 함께 반상의 구별도 점차 사라져버린 것이다.

풀솜대

새벽에 일어나 졸린 눈을 비빈다.
아직도 시꺼먼 어둠이 짙게 깔려 있다.
언제나 이런 시간에는
남들보다 먼저 일어났다는 그 기분이 좋다.

하지만, 이 시간에 깨어있는 사람이 어디 나뿐이랴.
지금도 누구는 출근을 하고, 누구는 퇴근을 하겠지.
내가 홀로 깨어있는 이 시간에도
세상은 여전히 바쁘게 돌아갈 뿐.

멀리 첨탑에서 불을 밝히던 십자가도 지쳐가는 시간,
밤샘 일과를 마치고
가로등 불빛에 의지하여 집으로 돌아가는
고달픈 사람들에게 축복이 있으라!

아내와 함께 지리산 자락 둘레길을 여행한 적이 있다.
그때는 둘레길이라는 말도 없었고 그냥 떠난 여행이다.
경북 산청에서 시작된 일정은 어느덧 쌍계사로 향했다.
그곳 숙소 근처에 있는 어느 화원에서 이 꽃을 만났다.

거친 바위틈에서 이슬 먹고 피어난 풍란이 무척 아름답다.
어쩌면 이렇게 고운 빛깔과 향기를 뿜어낼 수 있단 말인가?
도무지 근심이라고는 찾아볼 수가 없는 무결점의 자태이다.
세상에 태어나 이렇듯 고고하게 살아간다면 얼마나 좋을까?

하지만 우리네 인생은 세월 따라 이끼가 끼듯 결점만 늘어나고
얼굴에 생긴 주름살 마디마다 고통과 슬픔이 배어나지 않는가?
스스로 분수를 지키지 않는 욕심에서 잘못이 비롯되는 것이라면
내 안의 욕심을 버려야만 나만의 본성을 되찾을 수 있을 것이다.

풍로초

모처럼 해가 났다.
그동안 눈이 내리고 날씨마저 추워서 어려웠는데
오늘은 밝은 햇빛을 보니 기분마저 상쾌하다.

사람의 기분은 날씨에 따라서도 많이 좌우되는가 보다.
하늘이 흐린 날은 어쩐지 의욕이 떨어지고
해가 나서 햇빛이 밝으면 기분이 좋아지니 말이다.

오늘은 내가 나가는 모임에서 송년회가 있는 날이다.
일년 동안 고마웠던 분들에게 술 한 잔 권해 드리고
나 또한 즐거운 마음으로 술 한 잔을 해야 될 듯하다.

모처럼 해가 나는 것을 보니
아무래도 오늘은 좋은 일이 있을 것 같다.
아니, 다른 사람들에게 뭔가 좋은 일을 꾸며 봐야 하겠다.

폭설이 내렸다.
전국 각지에 근래에 보기 드문 눈이 퍼부었다.
매스컴에서는 110년 만에 오는 눈이라고 한다.
아침에 밖으로 나가 살펴보니 20cm가 넘는다.

마당을 쓸었다.
사다리를 놓고 지붕 위의 태양광판도 쓸었다.
워낙 많이 내려서 대문 밖은 쓸지도 못했다.
차들이 지나가면 오후에는 아마 녹을 것이다.

곶감이 익는다.
처마 끝에 깎아서 매달아 놓은 감들이 익어간다.
410개이니 410명의 입안으로 들어가면 좋겠다.
흰 눈과 대비되어 곶감의 붉은 색이 더욱 곱다.

풍접초

꽃이 피면 벌 나비가 날아든다.
꿀을 따기 위해서다.
벌 나비는 꿀을 얻는 대신 꽃의 수정을 돕는다.
만일 꿀이 없다면 벌 나비가 날아들까?

나는 어떤 꿀을 준비하고 벌 나비를 기다리는가?
내게 있어서의 벌 나비는 무엇인가?
향기만 물씬 풍긴다고 하여
꿀이 없는 꽃에
벌 나비가 날아들 것인가?

내가 아는 피나물 군락지는 두어 군데가 된다.
해마다 한 번씩 그곳을 찾았는데 요즘은 뜸했다.
봄에 그곳에 가면 노란색을 띤 피나물이 지천이다.
그리고 간간히 앵초도 피어 있어 그야말로 장관이다.

하지만 언제부턴가 서서히 물줄기가 바뀌더니
앵초가 자리 이동을 하고 사라지기 시작했다.
피나물 또한 개체 수가 현격하게 줄기 시작했다.
사람들에게 알려지면서 자연 파괴가 일어난 것이다.

문득 그곳에 가고 싶다는 생각이 든다.
지금도 어찌 되었는지 몹시 궁금하다.
올봄에는 그곳에 꼭 다녀와야 하겠다.
제발 예전의 반이라도 남아 있으면 좋으련만.

피뿌리풀

결혼을 한 지도 어느덧 40년이 넘었다.
그래서 그런지 가끔씩 이상한 일이 벌어진다.
며칠 전에도 시장에 들렀다가 오이를 샀는데
아내도 그날 똑같이 오이를 사 가지고 들어왔다.
이런 일은 흔하게 벌어지는 일이라서 놀랄 것도 없다.
어떤 때는 빵을, 어떤 때는 과일을 같이 사 오기도 한다.

하기야 오랫동안 같이 살다 보니 식성도 닮아가고
계절 따라 먹는 음식이 같다 보니 그러려니 하고 살지만
전에는 궁합이 잘 맞는 것인지 아닌지를 따져 본 적도 있다.
가끔은 내가 집안일에 너무 신경을 쓰는 게 아닌가 하여
한동안 아무것도 사지 않다가 다시 사 들고 왔을 때,
또 다시 겹치는 것을 보면 참 신기하기도 하다.

"I have a dream!"
이는 마틴 루터 킹 목사가 링컨기념관에서 행한 연설이다.

"I have a dream!
언젠가 조지아 주의 붉은 언덕에서
노예의 후손과 노예 주인의 후손이 형제애라는 식탁 앞에
나란히 앉을 수 있는 날이 오리라는 꿈입니다.

I have a dream!
언젠가 내 아이들이 자신의 피부색이 아니라
인격으로 평가받는 나라에서 살게 되리라는 꿈입니다."

그 후 40여 년이 지난 뒤 흑인 대통령이 당선되었다.
그가 바로 오바마 대통령이다.

하늘타리

우리집 뒤에 있는 담장은 탱자나무와 돌담이 둘러쳐져 있다.
그런데 오랫동안 탱자나무가 커서 돌담보다 훨씬 높게 자랐다.
더구나 언제부턴지 하늘타리가 탱자나무 속에서 자라고 있다.
그 줄기가 탱자나무를 덮고 둥그런 열매까지 주렁주렁 달렸다.

줄기가 뻗어서 보는 대로 잘라도 여전히 무성하기만 하다.
하늘타리가 덮인 탱자나무는 햇빛을 막고 통행도 방해한다.
아무래도 엔젠가는 한번 크게 손질을 해야 할 모양이다.
그런데 가시가 많아서 그 일을 해낼 엄두가 나지 않는다.

하늘타리를 뜯느라 탱자 가시에 찔린 적도 여러 번이다.
한번 찔리고 나면 여러 날 동안 욱신거려 고생해야 한다.
그래서 언젠가는 탱자나무를 손질하겠다고 생각한다.
하지만 그날이 언제가 될런지는 나도 잘 모르겠다.

오늘은 크리스마스다.
Merry christmas!
성탄(聖誕)을 축하하는 날이다.
아울러 나 자신의 탄생도 축하한다.

예수가 이 땅에 오신 것이
인간에 대한 지극한 사랑이었다면
우리 모든 인간은
예수가 아끼는 귀한 존재임에 틀림이 없다.

그것은 남녀노소를 떠나고
가진 자와 못 가진 자를 떠나고
직업과 귀천을 떠나서
모든 사람들이 사랑받아야 한다는 뜻이다.

한련

또

올해의

설날이 지났다.

한 해가 간 것이다.

평소처럼 둘만 남았다.

원래 둘이 만나서 살았으니

그렇게 둘만 남는 것은 당연하다.

자식도 멀리 있으면 남과 다를 바 없다.

명절 끝에 돌아가고 나면 서운함만 남는다.

다시 자식들을 만나려면 다음 명절이 와야 한다.

다음 명절이 돌아오려면 6개월이나 더 기다려야 한다.

하지만 우리 둘은 기다리는 것에 너무나 익숙해져 버렸다.

원래 세월이야

흐르는 것이니

나이를 탓하여 무엇 하리오.

할미꽃의 다른 명칭은 백두옹(白頭翁)이다.
머리카락이 하얀 노인이라는 뜻이다.
실제로 꽃이 진 뒤의 모습은 백두옹을 닮았다.
희고 듬성듬성 빠진 것이 또한 영락없이 나를 닮았다.

이젠 나이를 속일 수 없다.
아니 속여서도 안 된다.
그냥 인정하고 순리에 따라야 한다.
그럼에도 나는 얼마나 과욕을 부렸던가?

그래도 마음만은 젊게 살자.
몸이야 늙어 기능이 많이 저하되었다고 치자.
그러나 마음은 언제라도 늙지 않을 수 있다.
욕심을 버리고 깨끗한 마음으로 매일같이 젊게 살자.

해국

지금도 천리포 바닷가 바위틈에 해국은 피고 있을까?
이 사진을 찍은 지도 벌써 30여 년이 흘렀구나.
꽃에 미쳤던 시절에는 첫새벽에도 사진기를 들고 떠났는데
이젠 열정마저 식어 책상 앞에서만 그리워할 뿐.

어느덧 결혼생활도 40년이 넘어서고
꽃같이 예뻤던 아내의 귀밑머리도 하얗게 물들어 가는데,
해국만큼이나 척박한 조건을 이겨내며 억척스럽게 살았던
아내의 손마디도 거칠 대로 거칠어졌구나!

다시 또 10년쯤 더 지나서
그나마 아련하던 기억마저 희미해질 때.
나는 또 무엇을 생각하며 추억에 잠겨 있을까?
나이가 들면 추억을 먹고 산다는데 내가 그러하구나.

해바라기는 '해+바라(다)+기'로 형성된 단어인 듯하다.
영어로는 Sunflower이니 해와 관련된 것은 틀림이 없다.
실제로 해바라기꽃은 종일 태양을 따라 움직인다고 한다.
오로지 해를 바라보며 피는 꽃이라 해도 과언이 아니다.

'엄마바라기'란 말도 있다.
모든 것을 엄마에게 의존하며 사는 아이를 말한다.
그것은 아이의 운명을 엄마가 틀어쥐고 있는 것과 같다.
그러니 그 아이가 성인이 되면 어찌 혼자 살아갈까?

어차피 인생은 혼자 살아가는 것이다.
도움이 많아도 최종 결정은 본인이 할 수밖에 없다.
그리고 그 결과에 대한 책임도 당연히 본인이 져야 한다.
인생은 결국 혼자 헤치고 나아가야 하는 여정인 것이다.

해변아욱

명자꽃 봉오리가 조금씩 부풀어 오른다.
아무리 거센 추위가 몰아쳐도
식물들은 봄이 오고 있음을 기가 막히게 알아챈다.
그것이 자연의 섭리이다.

겨우내 움츠리며 살아도
마음 속에 간직했던 꽃을 피워야 한다는 소명은
결코 잊지 않고 있기 때문이다.
봄은 그렇게 우리 곁으로 조금씩 오고 있다.

곧 화분 정리를 해야 하겠다.
겨울을 지내느라 잎을 떨군 식물들에게
조금이라도 새 활력을 북돋아 주어야 한다.
봄이 온다는 것은 생각만 해도 즐거운 일이다.

보행자 입장에서는 '차가 사람을 피해 가겠지' 하지만
브레이크를 밟아도 차가 미끄러지기 마련이요,
운전자 입장에서는 '사람이 차를 피해 가겠지' 하겠지만
대부분의 사람들이 차량의 위험성을 감지하지 못한다.

물리적으로 차를 제어하기가 어려우므로
운전자도 보행자도 조심해야 한다는 이야기다.
사고가 난 뒤에 누가 잘못했는가를 따져보아도
양쪽 다 득을 보는 사람은 아무도 없다.

아무리 힘이 센 장사라 하더라도
빙판길에서 미끄러지지 않는 사람은 없다.
마찬가지로 아무리 좋은 차라 하더라도
눈길에서 안전한 차는 세상에 없는 법이다.

헐떡이풀

헐떡헐떡 살아온 세월이 얼마이더냐.
인생이라는 것이 그리 만만치 않아서
하는 일마다 마음대로 되지 않았으니
살아가는 고비마다 헐떡거릴 수밖에.

그러다가 어느새 고희마저 지나다보니
이제는 하나둘씩 내려놓아야 할 나이.
술잔이 한 순배 돌고 나서 멈칫하듯이
오늘도 헐떡거리며 가쁜 숨을 고른다.

눈이 내린다.

엊저녁 칼바람 속에 바위틈에서 잠자던 노루가
먹을 것을 찾아 민가로 내려왔다가
로드 킬을 당했다는 소식이 들리고,

혼자 시골에 사시는 할머니가
아침 준비하시다가 우물가에서 넘어져
허리를 다쳤다는 소식도 들리고,

배추 농사 망쳤다는 고향 아저씨가
홧김에 트랙터로 배추밭을 다 갈아 엎어버리고
술 취해 몸져누웠다는 소식도 들려오는데,

홀아비꽃대

어찌 홀아비들만 외로우랴, 독거노인들 모두 그러하다.
금이야 옥이야 자식 키우느라 숱한 고생 마다하지 않았지만
이젠 자식들과 떨어져 차가운 쪽방에 내동댕이쳐진 노인들.
겨울이면 그 외로움은 살갗을 저미는 추위보다 더할 터.

학생들과 함께 그분들에게 보낼 목도리를 뜬다.
한 올 한 올 뜰 때마다 따뜻한 마음이 솟아난다.
그렇게 만든 목도리가 총 318개.
겨울에 독거노인들에게 전해주고자 함이다.

홀로 외롭게 서 있는 홀아비꽃대를 보면서
그것을 지도하던 선생님과 학생들의 모습을 떠올린다.
늙으면 사소한 것도 서럽고 공연히 눈물이 나는 법.
올 겨울에는 모든 노인들이 덜 외로웠으면 좋겠다.

홀아비바람꽃

홀아비바람꽃은 줄기에 꽃이 하나만 달랑 핀다.
그래서 '홀아비'라는 이름이 붙어 있다.
원래 접두사 '홀'은 하나라는 뜻이 아니던가?
그래서 외롭게 보이는 것이다.

짚신도 짝이 있다고 했다.
그러므로 사람은 당연히 짝이 있다는 뜻이다.
그런데 요즘 젊은이들은 짝이 없는 경우가 많다.
아니, 짝을 찾을 생각을 하지 않는 것 같다.

서로 짝을 찾지 않는다면 항상 '홀'이 될 수밖에 없다.
그러니 언제나 외롭게 느껴지는 것이다.
안타깝고 또 안타까울 뿐이다.
부디 올해에는 예식장이 넘쳐나기를 소망한다.

황금

"황금을 보기를 돌같이 하라."
이는 최영 장군이 하신 말씀이다.
장군께서 600여 년 전에 요즘 시대를 예측한 탁견이다.

돈은 만사형통이니 이제는 신의 대접을 받는다.
우는 아이도 돈을 보면 울음을 뚝 그치고,
큼직한 사건도 돈의 위력 앞에 무죄가 선고된다.

그러나 그 위대한 돈을 돼지에게 주어 보라.
돼지는 냄새를 맡다가 금세 흥미를 잃고 만다.
하물며 인간이 한낱 종이쪽지에 불과한 것에 목숨을 걸다니.

며칠 전 마당에서 고양이 새끼 한 마리가 발견되었다.
털이 보송보송하고 이제 막 눈을 뜬 주먹 만한 아이다.
새끼가 아무리 울어도 어미 고양이가 나타나지 않는다
.

아내는 종이상자에 넣어 두고 주사기로 먹이를 주었다.
아침나절에는 땅에서 운동을 시키고 저녁에는 잠을 재웠다.
그런데 이틀이 지난 뒤 마당에 놓았던 새끼가 사라져버렸다.

집안을 샅샅이 뒤져도 없는 것을 보니 어미가 물고 간 모양이다.
마음 한편으로는 무척 아쉽지만 잘된 일이 아닐 수 없다.
몇 개월간 뒷바라지할 줄 알았는데 고맙기만 하다.

회향

헤어지면 마음조차 멀어진다더니 그 말이 사실인 것 같다.
예전엔 그렇게 가까웠던 친구들도 오랫동안 소식이 끊어지니
이젠 어디 사는지 알 수도 없고, 알고 있어도 서로 연락이 없다.

때로는 이웃사촌이라는 말이 정감 있는 말인 듯도 하다.
이사 온 지 칠 년이 된 지금은 동네 사람들과 친해졌다.
이제 나는 이 사람들과 함께 평생을 살아가야 한다.

그래도 가끔은 예전 친구들을 보고 싶은 때가 있다.
그런 때는 전화를 돌려서 우리 집으로 초대한다.
마당 넓은 집에서 삼겹살을 굽는 것이 큰 즐거움이다.

이 겨울이 지나면 다시 따뜻한 봄이 올 것이다.
그때쯤 느닷없이 친구들에게 전화를 해야 하겠다.
눈 내린 추운 겨울 아침, 문득 친구들이 그리워진다.

풀꽃과 나눈 이야기

초판 1쇄 인쇄 2025년 12월 29일
초판 1쇄 발행 2025년 12월 30일

저   자 백민현
발행인 박지연
발행처 도서출판 도화
등   록 2013년 11월 19일 제2013－000124호
주   소 서울시 송파구 중대로34길 9－3
전   화 02) 3012－1030
팩   스 02) 3012－1031
전자우편 dohwa1030@daum.net
인   쇄 (주)유진보라
ISBN 979－11－24052－10－5 *03810
정가 20,000원

도화道化, fool는
고정적인 질서에 대한 익살맞은 비판자,
고정화된 사고의 틀을 해체한다는 뜻입니다.